Friedrich Hebbel, Heinrich Teweles

Demetrius

Trauerspiel in fünf Aufzügen und einem Vorspiel

Friedrich Hebbel, Heinrich Teweles

Demetrius

Trauerspiel in fünf Aufzügen und einem Vorspiel

ISBN/EAN: 9783743697713

Hergestellt in Europa, USA, Kanada, Australien, Japan

Cover: Foto ©Andreas Hilbeck / pixelio.de

Weitere Bücher finden Sie auf **www.hansebooks.com**

Demetrius.

Trauerspiel in fünf Aufzügen und einem Vorspiel

von

Friedrich Hebbel.

Ergänzt und für die Bühne bearbeitet

von

Heinrich Teweles.

Regie- und Souflierbuch mit dem vollständigen Scenarium.

Leipzig.

Druck und Verlag von Philipp Reclam jun.

Den Bühnen und Vereinen gegenüber als Manuskript gedruckt.

Sowohl Aufführungs- als Nachdrucks- und Übersetzungsrecht vorbehalten.

Heinrich Teweles.

Das Aufführungsrecht erteilt einzig und allein die Theateragentur von A. Entsch in Berlin.

Für Österreich-Ungarn beliebe man sich an Herrn Dr. O. F. Eirich, Hof- und Gerichtsadvokat, Wien I., Wipplingerstraße 29, zu wenden.

Heinrich Teweles. A. Entsch.

Demetrius.
(Bühnenbearbeitung.)

Personen des Vorspiels.

Der Kardinal-Legat.
Mniczek, Woiwode von Sendomir.
Marina, dessen Tochter.
Demetrius.
Odowalsky }
Poniatowsky } polnische Edelleute.
Gregory, ein Mönch.
Maschinka, Marinas Amme.
Woiwoden. Gefolge des Mniczek. Gefolge des Kardinal-Legats.
Knechte und Mägde.

Ort der Handlung: Sendomir. — Zeit: 1605.

Personen des Trauerspiels.

Zar Boris Godunow.
Hiob, Patriarch.
Basmanow }
Mstislawsky } Bojaren.
Fürst Schuiskoi }
Marfa.
Die Äbtissin des Klosters zu Whksa.
Eine Laienschwester des Klosters.
Demetrius.
Mniczek, Woiwode von Sendomir.
Marina, dessen Tochter.
Poniatowsky.
Gregory, Mönch.
Otrepiep, Hetman der Saporogischen Kosaken.
Der Bürgermeister von Nowgorod.
Rurik.
Ossip.
Petrowitsch.
Barbara.
Ein Adjutant des Demetrius.
Ein Küster.

Ordenskanzler. Marschall. Bojaren. Ratsherren. Bürger. Frauen.
Deutsche Landsknechte. Polnische Soldaten. Pagen. Kosaken. Volk.

Das Stück spielt in Rußland um 1605.

Rechts und links vom Schauspieler.

Zum erstenmal aufgeführt im Königlichen Deutschen Landestheater zu Prag, den 3. März 1895.

Vorspiel.

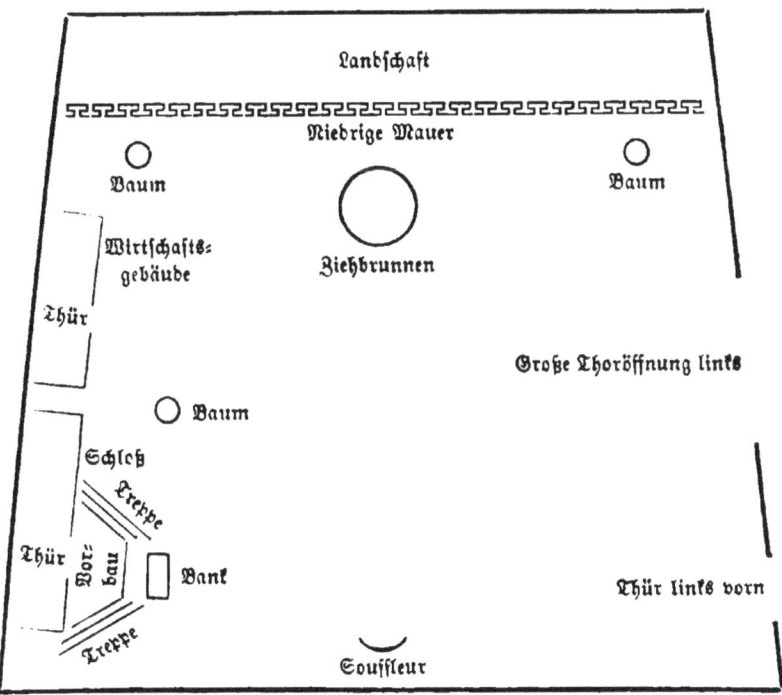

Der Schloßhof in Sendomir nach dem vorstehenden
Dekorationsplan.
Rechts und links vom Schauspieler.

Erster Auftritt.

Demetrius. Die polnischen Edelleute Odowalsky und Poniatowsky.

Demetrius (kommt aus der Thür des Wirtschaftsgebäudes rechts hinten und geht ab nach links durch die große Thoröffnung).

Odowalsky und **Poniatowsky** (stehen rechts vorn an dem niedrigen Vorbau des Schlosses).

Odowalsky. Da geht er wieder hin und grüßt uns nicht.
Poniatowsky. Er sah uns diesmal nicht.
Odowalsky. Er soll uns sehn.
Für einen heimatlosen Vagabunden
Geziemt sich's nicht, daß er uns nicht bemerkt.
Poniatowsky. Da kannst du lange warten. Falle selbst
Und ruf' ihn an, er reicht dir nicht die Hand;
Er sieht sich höchstens um nach deinem Diener
Und das nur, wenn du ihm im Wege liegst.
Der Mönch Gregory (kommt mit einer großen Sammelbüchse und bleibt, zurückblickend, an der großen Thoröffnung links stehen).

Zweiter Auftritt.
Die Vorigen. Gregory.

Poniatowsky. Schau dort den Mönch! Vor dem Ge-
kreuzigten
In der Kapelle bückt er sich nicht tiefer,
Wie vor dem Junker mit dem Federhut.
Wie er ihm nachblickt!
Odowalsky. Wer weiß, warum! Er wird vielleicht
An ein Gesicht erinnert, das er sich
Gemerkt hat, weil es doppelt giebt.
Gregory (tritt vor).
Gelobt sei Jesus Christ!
Poniatowsky. In Ewigkeit!
Gregory. Ihr Herrn, verzeiht! Wer war der feine Junker?
Odowalsky. Und wer seid Ihr?
Gregory. Dies sagt euch mein Gewand:
Ein armer Mönch, der milde Gaben sammelt!
Odowalsky. Und warum fragt Ihr nach dem jungen Fant,
Anstatt vor uns die Büchse gleich zu schütteln?
Gregory. Ei nun, ich möchte wissen, wer er ist.
Odowalsky. Das weiß er selber nicht.
Er kennt den Priester nicht, der ihn getauft,
Die Kirche nicht, an der der Priester dient,
Und selbst das Dorf nicht, drin die Kirche steht.
Gregory. Der feine Junker!
Odowalsky. Ja, mein guter Vater!
Gregory. Wie kommt er denn auf dieses stolze Schloß?

Poniatowsky. Bei Nacht und Sturm
Hat ihn ein Mönch als Kind durchs Thor geschmuggelt;
Der hatte ihn, Gott weiß auf welchem Mist,
Dem Hungertode nah, sich aufgeladen,
Und bat bei allen Wunden unsers Herrn
Für ihn um eine Streu im Pferdestall.
    Gregory (in wachsender Bewegung).
Unmöglich!
    Odowalsky. Mniczek hatte kurz zuvor
Zufällig einen Judenbalg erschossen,
Als er durchs Fenster sein Gewehr entlud,
Und da er überdies betrunken war,
Sprach er aus Reu': Hm! Ja! ich nehm ihn auf!
    Gregory (wie oben).
Nein! Nein!
    Odowalsky. So ist's! Marina, seine Tochter,
Bedurft' auch just zum Glück des Spielgefährten,
Der auf sich reiten und sich schlagen ließ,
Denn sie war klein und wild!
    Gregory. Allmächt'ger Gott!
Der Mönch, ihr Herrn —
    Poniatowsky. Was ist's, das Euch bewegt?
    Gregory. Nicht ich! Nicht ich! Ein Höh'rer sag' euch das!
    (Er eilt ab nach links durch die große Thoröffnung.)

Dritter Auftritt.
Odowalsky. Poniatowsky.

    Odowalsky. Was hat der alte Narr?
    Poniatowsky. Ich weiß es nicht,
Doch er bestätigt alles, was ich sagte!
Wenn er von unserm König Sigismund
Erführe, daß er ein Zigeuner sei,
Er könnte kaum so seltsam sich gebärden,
Als da er hörte, wer der Junker ist.
    Odowalsky. Da wird es Zeit, die Münze umzuprägen,
Und heut noch soll's geschehn!
    Poniatowsky. Was hast du vor?
    Odowalsky. Beschimpfen will ich ihn!
    Poniatowsky. Doch wie und wo?

Odowalsky. Was er auch thut — ich packe ihn dabei,
Und ob er betet, mir genügt's als Grund!
Beide (gehen ab durch die Thür links vorn).
Die Amme Maschinka (kommt von rechts durch die Thür des Wirtschaftsgebäudes).

Vierter Auftritt.
Maschinka allein.

Maschinka. Heut pass' ich ihm zum letztenmale auf!
Man glaubt schon von den Kindern Last zu haben,
Wenn man sie füttert und vor Beulen schützt.
Doch das ist alles eitel Zeitvertreib,
Die Plage kommt erst, wenn sie älter werden.
„Ich bitt' dich, Mutter, sag' ihm, ich sei krank,
Wenn er dich fragt, warum man mich nicht sieht,
Und merk' auf sein Gesicht, ich stick' indes
Für ihn die Schärpe fertig, die du kennst,
Und geh' nicht vor die Thür." Ja, wenn er fragt!
Doch wenn er schweigt? Es sind nun sieben Tage,
Und er verlor kein Wort an mich. Nun hat sie mich
Behängt mit ihren Kleidern, weil sie glaubt,
Daß er sie kennen wird. Ich glaub's zwar nicht,
Allein sie bat mit Thränen in den Augen.
So ließ ich's denn geschehn. Da kommt er her.
Demetrius (kommt von links durch die große Thoröffnung zurück).

Fünfter Auftritt.
Maschinka. Demetrius.

Demetrius (bemerkt Maschinka nicht und will vorübergehen).
Maschinka (tritt ihm in den Weg).
Ei, guten Morgen!
Demetrius. Guten Morgen, Mutter!
Ist deine Herrin auf?
Maschinka. Was geht's dich an?
Du machst dir mehr, als not, mit ihr zu schaffen,
Nimm dich in acht!
Demetrius. Warum?
Maschinka. Ich weiß gar wohl,

Warum du's thust; du denkst schon an den Tag,
An dem sie sich vermählt und willst dir zeitig
Durch sie die Gunst des edlen Gatten sichern.
Demetrius. Weib, Weib, du denkst doch wie ein Spatz!
Maschinka. Das ist
Auch richtig, wen die Braut zuerst empfiehlt,
Dem wird das reichlichste Geschenk zu teil
Und du mußt deine eigne Hochzeit einst
Von dem bestreiten, was dir ihre trägt,
Doch treibst du's unvorsichtig!
Demetrius. Weiter! Weiter!
Der Spaß wird lustig!
Maschinka. Deine Blicke sind
Zuweilen etwas kühner, als ein Freier
Gestatten dürfte.
Demetrius. Meine Blicke gelten
Der Spielgefährtin, die's noch nicht vergaß,
Wie oft ich sie durchs Wasser trug.
Maschinka. Ich weiß!
Doch solch ein stolzer hochgeborner Herr
Ist ungestüm und rasch in seinem Zorn!
Demetrius. Was folgt daraus?
Maschinka. Im besten Fall ein Stoß,
Der einen reinen Degen schmutzig macht,
Im schlimmsten — (Sie macht die Bewegung des Schlagens.)
Demetrius. Vettel, du wirst unverschämt.
Maschinka (schreiend).
Wie nennst du mich?
Demetrius. Wie du's verdienst! Ich griffe
Zur Peitsche, wärst du nicht so alt!
Maschinka (noch stärker schreiend). Zur Peitsche?
Die Woiwodentochter Marina (kommt von rechts durch die Thür des Schlosses).

Sechster Auftritt.
Marina. Maschinka. Demetrius.

Marina. Was giebt's? Du bist erhitzt, mein Mütterchen,
Hat dich Demetrius in Zorn gebracht?

Maschinka (weinend).
Ach!
Marina. Gilt es Ernst? Da halt' ich gleich Gericht,
Und werde Reu' und Leid zu wecken wissen!
Das Leugnen hilft dem Sünder hier zu nichts,
Er ist bekannt, er hat sich einst sogar
An unsrer eigenen Person vergriffen
Und uns an unserm langen Haar gezupft.
Es war der Tag, wir merkten's uns genau,
An dem wir unsre vielgeliebte Puppe
Verstießen und wir nahmen's gleich als Strafe
Der Grausamkeit und haben's still verziehn.
Doch immer zeigte er ein arges Herz
Und Klägerin wird gläub'ge Ohren finden,
Wenn der Beweis ihr auch nur halb gelingt.
So sprich, was giebt's? Mit Olga steht's doch wohl?
Maschinka. Du fragst doch noch! Der sah sie sieben Tage
Schon nicht und hat es nicht einmal bemerkt.
Das arme Kind hat täglich nachgefragt
Und wird zuletzt noch wirklich krank. Was red' ich?
Heut Morgen zog ich Kleider von ihr an,
Als hätt' ich sie beerbt, dies Tuch hier ist
Von ihr, und auch die Schärpe! Doch was half's?
Marina. Verteidigt Euch, Demetrius!
Demetrius. Sie sagt
Die Wahrheit. Ja, ich habe ihre Olga
In diesen sieben Tagen nicht vermißt
Und kann auch sieben Jahre sie entbehren!
Maschinka. Kannst du? Ei wohl! Hier steht die Palatina
Und die ist freilich vorzuziehn. Darf ich
Sogleich die Werbung machen? Fürstin, schau,
Du hast die Huld und Gunst so vieler Jahre
An diesen Edelmann nicht weggeworfen.
Er reicht dir jetzt zum Dank dafür die Hand!
(Sie geht ab durch die Thür rechts in das Wirtschaftsgebäude.)

Siebenter Auftritt.
Marina. Demetrius.

Marina (Maschinka nachrufend).
Nicht doch! Er hält durch mich um Olga an!
Demetrius. Marina, keinen Hohn! In meinem Traum
Werb' ich viel eh'r an einem Regenbogen
Den Sternenhimmel zu erklettern suchen,
Als mir aus eitlen Hoffnungen die Brücke
Erbaun, die mich hinüberführt zu dir!
Marina. Wie feierlich für einen halben Bruder!
Demetrius (zieht eine Schleife hervor).
Hier ist die Schleife, die dir jüngst entfiel,
Du hast es nicht bemerkt, ich hob sie auf.
Doch fürchte nichts, sie wurde nicht befleckt,
Ich habe keinen Kuß darauf gedrückt,
Denn ich bin viel zu stolz in meinem Sinn,
Mir gegen deine Schleife zu erlauben,
Was ich nicht wagen dürfte gegen dich!
(Er reicht sie ihr.)
Marina. Behalt' sie nur!
Demetrius. Als rotes Band, nicht wahr?
Es sei! So wie ich dir den Hänfling fange,
Bringt er es dir an seinem Hals zurück,
Das hatt' ich gleich beschlossen, als ich's fand,
Doch sind die Sprenkel auch noch heute leer.
Marina. Du wunderlicher Mensch!
Demetrius. Ich bin nun so;
Ich setz' mich lieber auf die nackte Erde,
Als auf den Stuhl des Bauern, trinke lieber
Aus hohler Hand, als aus dem Napf des Knechts,
Und such' mir lieber Beeren für den Hunger,
Als daß ich schwelge, wo der Bettler zecht! —
Marina, laß mich deine Locken küssen!
(Er tritt auf Marina zu.)
Marina (weicht zurück).
Du meinst, sie zürnen noch von ehmals dir?
Nicht doch, sie haben keinen eignen Willen,
Sie mußten mit verzeihn, als ich verzieh.

Demetrius. Was mahnst du mich an diesen Knabenstreich!
Als ich an jenem Morgen bei dir stand —
Marina. Was für ein Morgen war's? Was sichert ihm
Den Platz in unserem Kalender? Ah, du meinst
Den Tag, an dem die Puppe wir verstießen?
Demetrius. Ich weiß nicht, wie mir ward —
Marina. Es ist zu lange!
Demetrius. Mich faßte die unsäglichste Begier,
Dich zu berühren, doch mir fehlte plötzlich
Der Mut, die Hand noch einmal zu ergreifen,
Die ich im Spiel schon tausendmal ergriff —
Da trat ich hinter dich und wickelte
Die Hand in deine Locken —
Marina. Damals nanntest
Du sie noch Haare, oder wurden sie
An jenem großen Morgen umgetauft?
Demetrius. Ich drückte sie und hatte ein Gefühl,
Als könnten sie, wie Finger, wieder drücken —
Marina. Und ich, ich stand geduldig still?
Demetrius. Du blicktest
Dem Kinde nach, das fröhlich mit der Puppe
Von bannen hüpfte —
Marina. Voll von Reu' und Schmerz.
Demetrius. Auf einmal flog von einer Rosenhecke
Ein Schmetterling empor —
Marina. Weiß oder rot?
Demetrius. Dem sprangst du plötzlich nach, bevor ich's ahnte
Und deine Locken ließ, und thatst dir weh.
Marina. Und warum wird mir alles dies erst heute
Vertraut und nicht in jener schweren Stunde,
Wo ich Maschinka rief und sie dich schalt?
Demetrius. Die Scham verschloß des Knaben Mund,
                                    ich hätte
Mich eher züchtgen lassen, als bekannt.
Marina. Es kam nicht ganz so weit!
Demetrius. Vergieb mir denn,
Daß ich der ersten Probe halb erlag,
Die andre hab' ich rühmlicher bestanden.
Du siehst mich lächelnd und verwundert an?

Du weißt nicht, was ich meine? Gestern Abend,
Zum Garten gingst du, und ich schlich dir nach
Und du erschienst mir schön wie nie zuvor,
Als du den dunklen Lindengang durchschwebtest,
Bald hell vom Mond bestrahlt und bald vom Schatten
Der breiten Bäume wieder eingeschluckt.
Ich schlich dir leise nach von Baum zu Baum —
 Marina. Welch Glück, daß ich nicht mit mir selber sprach.
 Demetrius. Und mich ergriff, wie einst den armen Knaben,
Unsägliche Begier, dich zu berühren!
Da fiel von einem milden Lindenzweig,
Der dich im Fluge streifte, losgenestelt,
Die Schleife dicht vor meine Füße hin.
Ich griff nach ihr und führte sie zum Munde,
Doch eh' ich sie noch küßte, rief ich aus:
Die kann sich ja nicht wehren! und gelobte,
Sie durch den Vogel an dich heim zu senden,
Um den du mich denselben Tag ersucht!
(Nach einer Pause.)
Marina, laß mich deine Locken küssen!
 Marina (weicht wieder zurück und schreitet die Stufen rechts empor).
Ernst?
 Demetrius. Doch! O doch! Ich fordre nichts von dir,
Als was du geben kannst, und wenn du auch
Als Braut schon morgen zum Altare trätest —
 Marina. Wann sagt' ich Nein und nahm das Wort zurück?
 Demetrius. So küsse deine Hand und reich' sie mir!
 Marina. Das that ich nie und darum thu' ich's heut!
(Sie küßt ihre Hand.)
 Demetrius (ergreift ihre Hand und drückt einen Kuß darauf).
Nun lebe wohl! Nun leb' auf ewig wohl!
 Odowalsky und **Poniatowsky** (sind währenddessen von links vorn wieder aufgetreten).

Achter Auftritt.

Marina oben stehend. Demetrius über die Brüstung gelehnt und ihre Hand küssend. Odowalsky und Poniatowsky links vorn. Dann Knechte und Mägde.

 Poniatowsky. Schau hin!
 Odowalsky. Gut! Gut! (Er tritt rasch hervor.)

Verzeiht, erlauchte Dame,
Daß wir den Knecht nicht besser unterwiesen!
(Zu Demetrius.)
Man küßt die Schleppe, Freund, doch nicht die Hand!
Demetrius (reißt seinen Degen heraus).
Verzeiht, erlauchte Dame, daß ich's wage —
(Zu Odowalsky.)
Zieh oder stirb!
Odowalsky (zu Poniatowsky). Was fällt dem Burschen ein?
Demetrius. Du säumst?
Mehrere Knechte und Mägde (sind aus dem Wirtschaftsgebäude rechts getreten).
Odowalsky (zu Poniatowsky). Die Peitsche her!
Demetrius (ersticht ihn). So fahre hin!
Poniatowsky. Das ist ein Mord!
Die Knechte und Mägde (mit dem Geschrei „Mord" laufen über den Hof und kehren wieder zurück).
Einige (fassen die Leiche Odowalskys und tragen sie ab).
Demetrius. Und darauf steht der Tod!
Marina (ist wieder herunter getreten). Helft! Helft! O helft!
Der Woiwode Mniczek (kommt mit mehreren polnischen Edelleuten aus der Thür des Schlosses rechts).

Neunter Auftritt.

Mniczek. Marina. Demetrius. Poniatowsky. Edelleute. Gesinde.

Mniczek. Was giebt's? Was ging hier vor?
Demetrius. Mein Fürst, ich habe diesen Mann erschlagen,
Doch möge mir sein eigner Freund bezeugen,
Wie schwer er mich gereizt, wie hart beschimpft.
Poniatowsky. Er hat dich bloß für deinen Übermut,
Der keine Grenzen kannte, leicht gezüchtigt
Und du verfielst dem rächenden Gesetz.
Demetrius. Mein Übermut bestand in einem Kuß,
Den ich auf diese weiße Hand gedrückt,
Doch nur, um ein Gelübde abzulegen,
Das längst in meiner Seele still gereift.
(Halb zu Marina, halb zu den übrigen.)
Wie ich nicht sitze auf dem Stuhl des Bauern,
Wie ich nicht trinke aus dem Napf des Knechts,

Wie ich nicht schwelge, wo der Bettler schmaust,
So will ich auch die niedre Magd nicht küssen,
Die mir bestimmt ist, denn ich weiß gar wohl,
Daß ich mit nichten euresgleichen bin!
(Zu Marina.)
Dies schwur ich dir, du wirst mich nicht verdammen.
(Zu Mniczek und den Edelleuten.)
Und nun, ihr hohen Herrn, fällt euren Spruch.
Mniczek. Es thut mir weh, Demetrius, du hast
So viele Jahre nun mein Brot gegessen —
Demetrius. Und dir zum Dank dafür den Gast erstochen,
Der still um deine edle Tochter warb!
Der Mönch Gregory (kommt von links aus der großen Thor=
öffnung).

Zehnter Auftritt.

Die Vorigen. Gregory. Dann Stimmen.

Demetrius. Dort kommt ein Mönch. Ehrwürdiger Vater,
hört
Die letzte Beichte eines armen Sünders
Und lest ihm dann die erste Totenmesse,
Ich geb' Euch dieses Kreuz dafür!
(Er nimmt ein Kreuz vom Halse ab.)
Doch wie?
Seid Ihr's nicht selbst, der mir es umgehangen?
Gregory. Erkennst du mich?
Demetrius. Mein Leben hinge dran,
So sagtet Ihr, nicht wahr?
Gregory. Du wirst es sehn.
Demetrius. Mein Leben ist verwirkt, ehrwürd'ger Vater.
Gregory. Ein Zarewitsch verwirkt sein Leben nicht!
Demetrius. Wie! Ich —
Gregory. Du bist des Zaren Iwan Sohn,
Dem sichren Tod durch unsere heil'ge Kirche
Entrissen —
(Bewegung.)
Demetrius. Mann, du trägst ein geistlich Kleid,
Bedenk' es wohl und spotte meiner nicht!
Gregory. Dies Kreuz

Verbürgt, daß du der Knabe bist,
Den ich dem edlen Woiwoden einst
Ins Haus gebracht.
Stimmen (von außen). Der Kardinal=Legat!
Der Kardinal-Legat (kommt in vollem Ornat, unter dem Baldachin, mit **Geistlichen, Edelleuten, Ministranten** 2c. von links durch die große Thoröffnung).

Elfter Auftritt.

Die Vorigen. Der Kardinal=Legat. Geistliche. Edelleute. Ministranten.
Die Versammelten (beugen sich tief).
Kardinal (giebt ihnen durch eine Handbewegung stumm seinen Segen).
Gregory (weist auf den Legaten).
Das andre wird ein Höhrer dir verkünden.
Legat. Mein Prinz, vergönnt, daß ich der Erste sei,
Die Huldigung zu Füßen Euch zu legen,
Die Euch der ganze Erdkreis schuldig ist.
Demetrius (abwehrend).
Herr Kardinal, ich muß auch Euch noch bitten,
Mir alle diese Wunder zu erklären,
Denn nicht allein ein Reich und einen Thron,
Ihr schenkt mir auch ein Recht, das ich nicht hatte,
Das Recht, zu sein, wie ich nun einmal bin!
Herr Kardinal, bin ich der Zarewitsch,
So setzen meine Fehler Kronen auf
Und hüllen sich in Purpurmäntel ein:
Wenn Moskau mit den tausend goldnen Türmen,
Von denen jeglicher ein Volk bedeutet,
Dereinst vor mir die Thore öffnen muß,
Wer nennt mich übermütig oder stolz?
Legat. Du hast kein größres Recht auf deinen Kopf,
Als auf die Krone, welche Boris trägt.
Demetrius. Dann will ich's auch behaupten oder fallen.
Mniczek. Ich steh' im Leben, wie im Tod, zu dir!
Demetrius. Du warst mir Vater und du sollst es bleiben:
Marina. Da darf auch ich mich wohl noch Schwester
                                           nennen —
Es soll mich nicht verhindern, der Zaritza

Die Hand zu küssen, wenn sie's sonst vergönnt.
Demetrius. So küsse deine eigne noch einmal.
Marina. Du meinst, wer Rußland hat, der hat auch mich.
Nun, Moskau wiegt!
Demetrius. Du weiß schon, was ich meine.
Kardinal. Wenn's Euch genehm ist, führ' ich Euch sogleich
Zu unserm weisen König Sigismund;
Vor ihm und der erlauchten Republik,
Zu Eurem Heil im Reichstag jetzt versammelt,
Enthüll' ich alles, was noch dunkel ist.
Mniczek. Vivat der Zarewitsch Demetrius!
Alle Edlen (mit gezogenen Schwertern).
Vivat der Zarewitsch Demetrius!

Erster Aufzug.

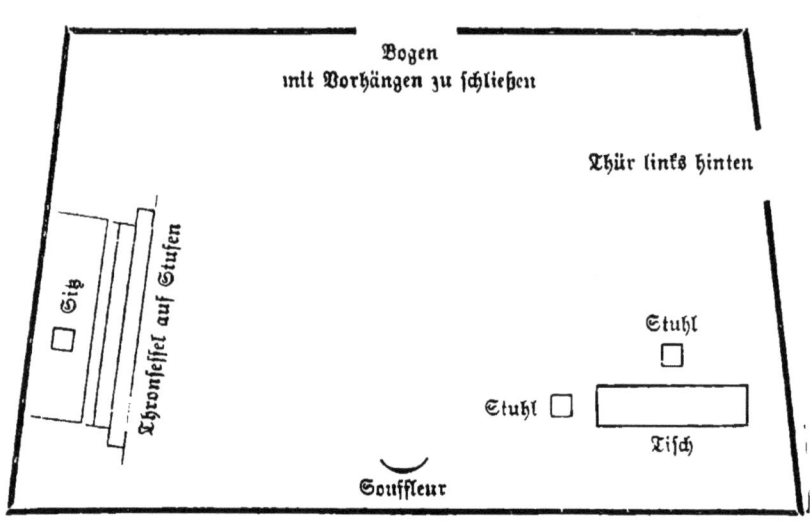

Großer Audienzsaal im Kreml zu Moskau nach dem vorstehenden Dekorationsplan.

Erster Auftritt.

Zar Boris Godunow. Fürst Schuiskoi. Die Bojaren Basmanow und Mstislawsky. Der Patriarch Hiob. Bojaren. Kosaken.

Stellung:

Boris. Die Krone Polen bricht mit uns den Frieden!
Der Russe, denk' ich, hat mit dem Sarmaten

Noch manches abzuthun; er wird nicht fluchen,
Daß jetzt der Tag der Rechenschaft erscheint!
Basmanow (legt die Hand ans Schwert).
Mein Zar!
Boris. Nein, Basmanow, du bleibst daheim.
Ich kann nicht jeden Krieg an dich verschenken,
Die andern Adler wollen auch ihr Futter.
(Zu Schuiskoi.)
Schuiskoi, was meinst du, steigst du gern zu Pferd?
Schuiskoi. Mein Fürst!
Boris. Entscheide dich nicht allzu rasch,
Lies erst dies Blatt!
Hiob (reicht Schuiskoi ein Papier).
Boris. Es ist ein Manifest!
Laut! Laut!
Schuiskoi. Nicht um die Welt!
Boris. Wenn ich nun bitte!
Schuiskoi (stotternd).
„Von Gottes Gnaden, Wir Demetrius —"
Mstislawsky. Mein Fürst, muß ich das hören?
Boris. Ist's dir neu?
Schuiskoi (liest halblaut).
„Entbieten dem betrognen Volk der Reußen —"
Boris. Man hört's ja nicht! Wie willst du kommandiren,
Wenn du mit Kugeln Antwort schicken sollst?
Schuiskoi (laut und fest).
„Als angestammter Zar und letzter Sproß
Aus Ruriks Blut den väterlichen Gruß.
Basmaßen ein verwegener Betrüger —"
(Er setzt ab.)
Nimm meinen Kopf!
Boris. Ich bat nur um die Zunge!
Schuiskoi. Die reiße ich mir aus, wenn du mich zwingst,
Den Herold dieses Buben abzugeben!
Boris. So laß denn sehn, wer besser lesen kann!
(Er weist auf Mstislawsky.)
Mstislawsky (nimmt das Blatt).
Boris (einhelfend).
„Basmaßen ein verwegener Betrüger —

Mſtislawsky (lieſt).
„Wasmaßen ein verwegener Betrüger,
Den Iwan, Unſer hocherlauchter Vater,
Vom Staube aufgeleſen —"
 Boris. Das iſt wahr!
Ich bin nur ſein Geſchöpf und will es bleiben,
So lang' ich Atem hole!
 Mſtislawsky (lieſt). „Klug und ſchlau —
Sich alle Würden Unſres Reichs erkrochen
Und endlich gar den Thron, der uns gebührt!
Als thun Wir hierdurch kund, daß Wir noch leben,
Durch Gottes ganz beſondre Fürſehung
Dem Mörder in der Wiege ſchon entriſſen,
Und daß Wir kommen, Rechenſchaft zu fordern
Um Hochverrat von Boris Godunow —"
(Er zerknittert das Blatt und reicht es auf eine Bewegung von Bori
   dem Zaren.)
 Boris (nimmt es ihm aus der Hand).
Das thu' dem Schreiber, aber nicht dem Blatt.
   (Er lieſt das Manifeſt zu Ende.)
„Ermahnen Unſre Lieben und Getreuen
Zugleich, ſich Unſern Fahnen anzuſchließen,
Verwarnen jeden, Widerſtand zu leiſten,
Geloben auch bei Unſerm Zarenwort,
So überſchwenglich gnädig Unſern Freunden,
Als Unſern Feinden fürchterlich zu ſein.
Zwölf neue Fürſten werden Wir ernennen,
Wenn wir in Moskau ſind, und keiner ſoll
So reich und mächtig ſein, daß Wir ihn nicht
Noch doppelt reicher, doppelt mächt'ger machen,
Wenn er ſich ein Verdienſt um Uns erwarb.
Wornach ſich männiglich — Gegeben Krakau —"
   (Abſetzend.)
Wie ſcheint die Mäuſefalle euch gebaut?
Sehr gut, ihr Herrn, ihr dürft ſie ruhig loben,
Doch hier iſt Gift für dieſen ſüßen Speck! (Er winkt.)
 Hiob (reicht auf ſeinen Wink Mſtislawsky ein zweites Papier).
 Boris. Das Protokoll von Uglitſch, aufgenommen,
Als Prinz Demetrius ſo jäh verſtarb!

Mstislawsky (sich weigernd es zu nehmen).
Mein Zar, wir wissen —
Boris. Was? Noch wißt ihr nichts,
Die gute Meinung dank' ich euch von Herzen,
Doch wünsch' ich, daß ihr prüft!
Mstislawsky (schaut in das Blatt, liest und reicht dann Basmanow das Blatt).
Boris (zu Schuiskoi). Erschrickst du nicht,
Den bräuenden Gebieter zu erzürnen,
Wenn du für mich den Degen ziehst?
Schuiskoi. Mein Fürst,
Ich wünschte mir, die Sache wäre ernster,
Denn diesen Gegner husten wir noch um.
Boris. Meinst du? (Zu Mstislawsky.) Was sagst du?
Mstislawsky. Etwas war mir neu,
Ich glaubte dieses Kind im Brand erstickt,
Und hier —
Boris. Du siehst, es hat sich selbst getötet,
In einem Anfall von Epilepsie
Mit einem Messer durch den Hals sich fahrend,
Das ihm die Amme eben dargereicht,
Weil es sich einen Apfel schälen wollte.
Basmanow (der gleichfalls gelesen hat und Schuiskoi das Blatt reicht).
So steht es fest durch sieben Zeugen!
Boris. Genügt euch das?
Mstislawsky. Man sagt, daß Iwan zwei der Söhne hatte,
Die fast zu gleicher Zeit das Licht erblickten,
Den einen von der Zarin und den andern
Von einer Magd und daß man sie vertauschte —
Boris. Man sagt! Doch wenn sich's wirklich so verhielte,
Und dieses Blatt, das Wahrheit kündet, löge,
Ich trüg' ihm selber Salz und Brot entgegen
Und spräche: habe Dank, daß du erscheinst,
Mich abzulösen! Denn ihr alle wißt,
Wie schwer ich mich entschloß, die Last der Krone
Zu übernehmen. Als du sie zum neuntenmale
Mir anbotst, Patriarch, was sagt ich da?
Hiob. Du hieltst mir einen Totenkopf entgegen
Und sprachst: verlocke den!

Boris. Zu viel hatt' ich erfahren!
Ich stand dabei, als Iwan seinen Sohn
Im Zorn mit eigner Faust banieder schlug.
Es war in diesem Saal! (Zu Mstislawsky.) Du sahst es auch,
Du warst zum erstenmale hier und wurdest
Mit Blut und Hirn bespritzt. (Zu Basmanow.)
                       Du gleichfalls, nicht wahr?
Und dennoch diente Iwan Gott dem Herrn
Wie keiner! War er nicht
Fast lieber Küster als Regent? Wenn wir
Des Nachts in unsern warmen Betten lagen,
Zog er den Strang der Glocke stundenlang
Und rief uns zum Gebet! Und dennoch —.
Die leidige Gewalt verführte ihn
Und in Verzweiflung fuhr er hin. Gott steh'
Uns allen bei, daß wir uns unsrer Macht
Nicht überheben!
   Hiob. Amen!
   Boris. Feodor,
Der Heilige dagegen, der ihm folgte,
Erlag aus Angst vor Sünden, die er nie beging.
Er sprach zu mir auf seinem Totenbett,
Den Kopf des heiligen Romanus küssend:
Dies ist mein erstes und mein letztes Glück,
Auch ist's das erste und das letzte Mal,
Daß ich mich meines Zarenrechts bediene,
Denn diesen Schädel hat vor meinem noch
Kein Mund berührt, er wurde erst entdeckt,
Und Gott verzeihe mir's in meiner Schwäche,
Daß ich den Gläubigen ihn vorenthalte
Und daß er, statt in Gold und Edelsteinen
Zu glänzen, ruht in meiner magern Hand.
   Hiob. Er bitte für uns alle!
   Boris. Wer das sah,
Der greift nicht hastig nach dem Diadem!
Nein, nicht das Flehen Moskaus, nicht das Drängen
Der ängstlichen Provinzen, nicht die Thränen
Der Zarin, meiner Schwester — nicht einmal (zu Hiob)
Der Bann, mit dem du drohtest, hätte mich

Bewogen, die Stille
Des Klosters mit der Hölle zu vertauschen,
Die zu den Füßen eines Thrones gähnt: (Aufstehend.)
Der Chan der goldnen Horde zwang mir's ab!
Ich konnte Iwans Werk, das neue Rußland,
Nicht schmählich den Tataren überlassen.
So ward ich euer Zar,
Weil euch ein guter Hetman nötig schien!
Schuiskoi. Mein Fürst, es ist uns allen unvergessen!
Boris. Nun, Schuiskoi, dir vertrau' ich denn das Heer,
Du, Basmanow, magst Tula für mich hüten,
Und du, Mstislawsky, kannst mit Schuiskoi gehn.
Des neuen Manifests bedarf es nicht,
Wir können (er hebt dasjenige des Demetrius in die Höhe) dieses
brauchen, wenn wir nur
Die Namen ändern, denn wir kommen auch,
Um Rechenschaft zu fordern und ihr werdet
Beweisen, daß Wir noch am Leben sind.
Das Dutzend Fürsten werden Wir zwar nicht
Ernennen, doch — Wie heißt es? — (Er sieht hinein.)
Keiner soll
So reich und mächtig sein, daß Wir ihn nicht
Doppelt so reich und doppelt so mächtig machen,
Wenn er sich ein Verdienst um Uns erwirbt.
Wornach sich männiglich — Gegeben Moskau —
(Er verabschiedet die Bojaren.)
Alle (bis auf **Hiob** und **Schuiskoi** gehen ab durch die Mitte).

Zweiter Auftritt.
Hiob. Schuiskoi. Boris.

Boris (geht zum Tisch links vorn).
Schuiskoi (wirft sich ihm zu Füßen).
Mein Zar, um eine Gnade bitt' ich dich.
Gestatte meinem Sohn, sich zu vermählen.
Es giebt ein Unglück, wenn du's wieder weigerst.
Boris (hebt ihn auf).
Und dennoch muß ich, weil ein Eid mich bindet!
Nicht bloß der öffentliche, den ihr kennt,
Ich hab' auch einen stillen Schwur geleistet,

Als ich die Krone Monomachs empfing:
Zu bleiben, was ich war, ein Reichsverwalter,
Der die Gesetze schirmt, doch keine giebt.
Nun, Iwan hat die Ehen der Bojaren
Beschränkt und Feodor, so mild er war,
Hat immer abgeschlagen, das zu ändern:
Sollt' ich das thun? Nein, Schuiskoi, nimmermehr!
Dann würd' ich fallen durch Rebellenhand,
Denn das erbat ich mir von Gott als Strafe
Für meine erste Neuerung im Reich!
 Schuiskoi (verneigt sich und geht nach der Mittelthür).
 Boris (ihm nachrufend).
Doch schick' mir deinen Sohn, ich werb' ihn trösten,
Sobald du deine Schlacht gewonnen hast.
 Schuiskoi (geht ab durch die Mitte).
 Boris (setzt sich an den Tisch links).
 Hiob (nähert sich ihm).

Verwandlung.
Eine Halle im Kloster zu Wyksa.

Dritter Auftritt.
Marfa. Äbtiffin. Dann eine Laienschwester.

 Äbtiffin. Wie ist Euch, Schwester Marfa?
 Marfa. Viel zu gut
Für meine Wünsche.
 Äbtiffin. Sündigt nicht!
 Marfa. Mein Glück
Ist bei den Toten. Soll ich mich nicht sehnen,
Den Toten nachzufolgen und mit ihnen
Zu teilen, was sie haben, ew'ge Ruhe
Und ungestörten Frieden? Auf der Erde
Ist nichts, was mich noch reizt, und legte man
Die Zarenkrone wieder vor mich hin:
Ich höbe sie so wenig auf, wie du
Das Spielzeug, das man dir als Kind entriß,
 Äbtiffin. Du haft dich langsam in dein Los gefunden,
Doch das ist wahr, du trägst es königlich.

Marfa. Nein, nein! Das sind die Qualen des Gewissens,
Die dunklen Schatten fürchterlicher Thaten,
Die länger werden, weil der Abend kommt.
Erwidre nichts! Wie würdest du es tragen,
Wenn nur ein einz'ger Mord dich drückte:
Ich hab' ein ganzes Blutbad hinter mir.
    Äbtissin. Du warst die Zarin.
    Marfa. Ja, zu meinem Fluch!
    Äbtissin. Du hast nicht mehr gesündigt, als gelitten.
Wo ist die Mutter auf der ganzen Erde,
Der solch ein Schwert noch durch die Seele ging,
Bis auf die eine, die am Kreuze stand?
    Marfa. O das ist wahr! Fast unterm Kusse ward
Mein Engel mir gestohlen. Unterm Kuß?
Nein, unter dem Gebet! Indes ich ihn
Mit heißem Flehen dem Allmächtigen
Empfahl, zerschnitt ein Teufel ihm die Kehle,
Und als ich aus dem Tempel wiederkehrte,
Lag der als blut'ger Leichnam vor mir da,
Der noch mit Blumen mich beworfen hatte,
Als ich hinein ging.
    Äbtissin. Höre davon auf!
    Marfa. Nein, nein! Ich muß in dieser Wunde wühlen,
Weil mich die andre zu sehr brennt. Die Rache
War fürchterlich, die ich mir nahm, und noch
Ist's ungewiß, ob auch ein einz'ger nur
Von allen schuldig war. Zehn Opfer fielen
Durch mich, von meiner raschen Wut verklagt
Und von dem noch viel raschern Zorn des Volks
Dahin gestreckt; zweihundert durch den Zaren,
Weil sie für mich das Schwert gezückt; die Stadt
Ward ausgerottet, selbst die Kirchen wurden
Geschleift und viele Tausend, Jung und Alt,
Ins Reich des ew'gen Schnees verbannt.
Steig' empor vor mir, mein Kind,
Doch nicht mit Palmen, nein, in Blut und Wunden,
Damit ich nicht verzweifeln muß!
    Eine Laienschwester (tritt ein).

Laienschwester. Hochwürd'ge,
Der Patriarch! (Sie geht ab.)
Der Patriarch Hiob (folgt der Laienschwester).

Vierter Auftritt.

Die Vorigen. Hiob nimmt die Mitte.

Hiob. Gelobt sei Jesus Christ!
Äbtissin. In Ewigkeit!
Hiob. Ich grüß' dich, Schwester Marfa.
Marfa. Was bringst du mir? Denn nehmen kannst du
nichts.
Hiob. Ich bringe dir die Gnade deines Zaren.
Marfa. Er ist dein Gott, doch nicht der meinige.
Äbtissin (macht ein Zeichen des Unwillens).
Marfa. Halt' mir's zu gut! Vor diesem Priester kehrt
Das Herz sich in der Brust mir um. Er steht
Hier vor mir, wie die Zeit, er giebt und nimmt
Und bleibt, als wär' er nicht auch selbst ein Mensch,
In allem Wechsel, was er ist. Ein Ring
Aus alten Tagen, ein verblichnes Kleid
Entpreßt mir Thränen, soll ich jetzt nicht schaudern,
Nun ich die Hand so plötzlich vor mir sehe,
Die mich gekrönt und mich begraben hat?
Hiob. Du nennst das Kloster immer noch ein Grab:
Ich bringe dir Erlösung aus dem Grabe,
Du kannst mir folgen, Moskau steht dir offen
Und gnädig nimmt der Zar dich wieder auf.
Marfa. Das nähme ich für Hohn, wenn du's nicht sagtest!
Doch dank' ich dir, wofern du's redlich meinst,
Für deinen guten Willen und ich danke
Auch deinem Zar, so schwer das Wort mir fällt,
Allein wir Toten stehen noch nicht auf.
Hiob. Besinne dich, bevor du das verwirfst,
Was du doch viele Jahre heiß erflehtest:
Hat Moskau keine Stätte, die du liebst?
Befrage deine Träume! Wenn sie dich
Auch nicht mehr in den Kremel führen mögen,
Wo du in Perlen und Kleinodien prangtest,

Und eine Welt zu deinen Füßen sahst,
Trägt keiner dich an einen stillern Ort?
 Marfa. Du triffst es, Hiob! Auf den Thron der Zaren
Stieg ich nicht mehr, seit du Jwanen kröntest,
Doch hab' ich oft in ihrer Gruft gekniet.
Ja, ja, ich hab' noch einen Wunsch auf Erden,
Ich möchte einmal an dem Sarge beten,
Der meines Sohnes heil'ge Asche birgt.
 Hiob. Der Wunsch ist dir gewährt! Und feierlich
Sollst du geleitet und empfangen werden,
Das ganze Rußland soll dir Zeuge sein!
Zieh' hin, du bist gebenedeit vor vielen!
Du darfst des Herzens letzten stillen Wunsch
Befriedigen und, ohne daß du's ahnst,
Zugleich die Welt mit Heil so überschütten,
Daß dir's der Enkel spätester nach dankt.
 Marfa. Indem ich thu', was jede Mutter thäte?
 Hiob. Indem du thust, was jede Mutter thäte,
Indem du an dem Sarg des Sohnes betest,
Geht diese Fülle Segens von dir aus!

Die Laienschwester (eilt bestürzt von links hinten herein).
Der Hetman Otrepiep (gleich darauf).

Fünfter Auftritt.
Die Vorigen. Die Laienschwester. Otrepiep.

Laienschwester. Hochwürdigste!
Otrepiep (folgt). Wo ist die Zarin Marfa!
Laienschwester (zieht sich langsam zurück).
 Hiob. Wer bist du, daß du's wagst?
 Otrepiep. Otrepiep
Mit seinen saporogischen Kosaken.
Du kannst mich kennen, denn ich war ein Mönch.
 Hiob. Bist du der Frevler?
 Otrepiep. Das erspare dir,
Bis du mich hast, einstweilen hab' ich dich!
Wo ist die Zarin? Denn mich schickt ihr Sohn.
 Marfa. Ruchloser! Willst du eine Mutter höhnen?
 Otrepiep. Du bist's? So schlage ich die Stirn vor dir.
(Er beugt sich tief, den flachen Handrücken an die Stirn haltend.)

Doch wenn du deinen Sohn umarmen willst,
So folge mir, er hat gerade Zeit,
Die ersten seiner Schlachten sind geschlagen
Und für die andern fehlt's bis jetzt am Feind!
    Marfa (zu Hiob, in größter Verwunderung).
Ich bitte dich!
    Hiob. Ich hätt' dir eine Kunde
Gern vorenthalten, die der letzten Freude
In deiner Brust den letzten bittern Schmerz
Gesellen muß, doch leider darf ich nicht!
Vernimm! Ein frecher Abenteurer ist
In Polen aufgestanden, der behauptet,
Er sei dein Sohn.
    Marfa. Daß jeder Fluch ihn treffe,
Der —
    Otrepiep. Halt! Du wirst bereun!
    Marfa. Verzeih' mir's Gott!
Nicht, daß ich ihn verfluchen wollte, nur
Daß ich noch immer fluchen kann.
    Hiob. Der Pole
Braucht ihn als Fackel, um in unsre Grenzen
Den Krieg zu werfen; und wahr ist, was der Mönch berichtet.
Zwei Schlachten sind geliefert.
    Marfa. Und dein Zar
Hat nicht gesiegt! Das also war's? Hiob, wie falsch bist du!
    Otrepiep. Dies ist die rechte Antwort! Folge mir!
Du solltest für den Afterzaren zeugen,
Und wenn du's weigerst, wirst du stumm gemacht.
    Marfa. So ist's! Wenn ich an seinem Grabe bete,
So zeug' ich auch für seines Mörders Recht.
    Hiob. Du sollst die Wahrheit sagen, sollst bekennen,
Ob dein Demetrius im Grabe ruht.
    Marfa. Ich sah mein Kind in seinem Blute liegen,
Und eh' ich dulde, daß ein Gaukler ihm
Den Platz in seinem Grabe streitig macht,
Eh' leg' ich tausendmal das Zeugnis ab,
So hart es ist, daß ich, die schwer Gekränkte,
Noch zeugen muß für Boris Godunow.
    Otrepiep. Du sahst ein Kind in seinem Blute liegen,

Das ist gewiß, doch war's das deine nicht.
Marfa. Es war das meinige.
Otrepjep. Es war das Kind,
Das man dir in die goldne Wiege legte,
Doch nicht das Kind, das du geboren hast.
Hiob. Du kennst das Gaukelspiel erst halb.
Otrepjep. Dein Kind
War schon vertauscht, als du aus deiner Ohnmacht
Erwachtest und nach seinem Kuß verlangtest.
Du drücktest gleich ein fremdes an die Brust.
Marfa. Allmächt'ger Gott!
Otrepjep. In tiefster Einsamkeit,
Sich selber unbekannt ward deins erzogen,
Indes das Kind der Magd den Zarewitsch
Vor deinen Augen spielte.
Marfa. Das Kind der Magd! Ist's möglich! Kann das Herz
Der Mutter sich so täuschen!
Hiob. Frag' dich wohl,
Ob du den Toten noch betrauern würdest,
Wenn er nicht Fleisch von deinem Fleische war:
So echt dein Schmerz, so echt ist auch dein Kind.
Marfa. Ich muß ihn sehn!
Hiob. Bedenke, was du thust!
Du hältst jetzt Krieg und Frieden in der Hand
Und jeder Schritt von dir ist so gewichtig
Wie die Bewegung eines Sterns.
Otrepjep. So ist's!
Äbtissin. Wenn ich auf einmal Schicksal spielen sollte,
So würd' ich's machen, wie's das Schicksal macht,
Das Schicksal schweigt, und also schwieg' ich auch.
Marfa. Du trägst kein Mutterherz in deinem Busen
Und weißt nicht, was den meinen jetzt bewegt.
Ich muß, ich muß, doch zweifle nicht, ich finde
Den Mut, um den Betrüger zu entlarven,
Wenn mir mein Sohn nicht in die Arme sinkt.
(Sie geht ab mit **Otrepjep**.)
Äbtissin und **Hiob** (folgen langsam).

Zweiter Aufzug.

Schlachtfeld vor Nowgorod.
Im Hintergrunde die Ansicht der Stadt. Links vorn das Zelt des Demetrius, daran anschließend eine Reihe von Zelten. Der Hintergrund erhöht.

Erster Auftritt.

Woiwode Mniczek. Poniatowsky. Demetrius. Bojaren. Soldaten.

(Man hört entfernte Schüsse, Trompetensignale.)
Kämpfende Soldaten (ziehen im Hintergrunde vorüber).
Mniczek. Wir sind verloren. Dieser Ungestüm
Muß uns verderben.
Demetrius (zieht an der Spitze einer Schar von links nach rechts vorüber).
Poniatowsky. Ei, wir siegen ja,
Du siehst, der Feind wird überall geworfen —
(Er weist nach dem Hintergrund auf Demetrius.)
Der Zar noch einmal!
Mniczek. O noch hundertmal,
Bis irgend eine Kugel endlich trifft.
Verflucht sei solch ein Mut, der, nicht zufrieden,
Den Ruhm des Feldherrn glorreich zu erringen,
Auch nach den Ehren des Soldaten geizt
Und eine Krone an die Feder setzt,
Die noch im Helmbusch fehlt.
Poniatowsky. Doch reißt er alles
Unwiderstehlich hin. Ein Wort von ihm
Wirkt wie ein Schluck —
Mniczek. Er kommt. Ich tret' ihn an,
Denn es ist meine Sache, wie die seine,
Ich bin ein Bettler, wenn es nicht gelingt.
Demetrius (kommt von rechts hinten mit Soldaten und Bojaren zurück).

Demetrius. 31

Mniczek (vertritt ihm den Weg).
Mein Zar — jetzt ist dein guter Engel müde,
Drum dank ihm seinen Dienst und schick' ihn heim.
  Demetrius. Wenn das ein andrer wagte — Laß mich durch!
Sonst — Tod und Teufel! (Er stürmt nach links fort.)
  Mniczek. Hör' mich doch nur an!
  Demetrius (zurückrufend).
Wenn's Feierabend ist. (Er geht ab mit den Seinigen.)
  Poniatowsky. Nun, mir gefällt's!
Der ist vom besten Blut.
  Mniczek. Ei was, er gleicht
Dem Jäger, der sich nicht begnügt, die Hunde
Zu hetzen, sondern um sich beißt, wie sie;
Das wäre Königsart?
    (Fanfaren außerhalb.)
  Poniatowsky (der von einem erhöhten Standpunkt die Schlacht beobachtet). Auch die gesprengt!
  Demetrius (kommt wieder von links zurück).
Mein Volk ist feig!
  Poniatowsky. Nein, Herr, du bist nur tapfer,
Sie fochten besser, als ich's je gesehn.
  Demetrius (lacht).
Auch die Kosaken?
  Poniatowsky. Warum fragst du noch?
  Demetrius. Weil sie wie Fliegen sind! Jetzt da, jetzt nicht,
Jetzt rasch gestochen, jetzt noch rascher fort —
Pfui, pfui!
  Mniczek. Mein Zar, kein Ding auf Erden ist so schlecht,
Daß es nicht irgendwo unschätzbar wäre,
Ja, unersetzlich wie das Edelste.
Dein Amt ist nun, die Stelle zu ermitteln,
Wo jedes einzig ist und einzig nützt,
Das aber gilt vor allem von dir selbst.
  Demetrius. Ich kenne meinen Platz. Noch Schuß um
        Schuß!
Wie konnt' ich säumen! (Er will wieder fort.)
  Mniczek. Jüngling, hör' den Greis,
Wenn denn der Fürst den Rat nicht hören will.
Die Arbeit ist gethan, der Schlachtendonner

Wird schon so schwach, daß die Trompete ihn
Fast übertönt. Indes die Stadt schon lost,
Wer dir, den Strick um den gebückten Hals,
Die rost'gen Schlüssel überbringen soll,
Willst du noch ruhen nicht? Gieb acht, so wirst
Du durch die Kugel fallen, die verröchelnd
Ein Sterbender aus dem umkrampften Rohr
Im Todeskampf gen Himmel schickt.
 Demetrius. Still! Still!
Hier ist der Degen schon! (Er reicht ihm den Degen hin.)
 Mniczek. Ich halt' ihn fest,
Bis du gelobt, ihn niemals mehr zu brauchen,
Wie diesen Tag, so mutig du ihn schwangst.
 Demetrius. Nein, nicht im Scherz gelob' ich das!
                        eine Schlacht
Ist fürchterlich, wenn man sich sagen muß:
Sie wird für dich geschlagen! Jeder Schuß
Trifft dich ins Herz, du fällst mit jedem Toten,
Und windest dich mit jedem Sterbenden!
Und ich, ich hätt' mich ferne halten sollen,
Anstatt mein Recht zu prüfen und dem Tod
Die nackte Brust zu bieten? Hütet euch,
Mich umzurufen, wenn das grause Spiel
Sich wiederholt! Ihr lauft
Gefahr, daß ich zum Rückzug blasen lasse!
 Mniczek. Mein Fürst, es ist ein löbliches Gefühl,
Was dich bewegt, doch darfst du ihm nicht folgen,
Wenn du nicht größre Pflichten brechen willst.
Du bist's ja nicht, für den das viele Blut
In Strömen fließt, das bilde dir nicht ein,
Was wärst denn du, daß Tausende für dich
Sich opferten? Es gilt der Majestät,
Dem ewigen Palladium der Welt,
Die ruht auf deinem jugendlichen Haupt,
Drum laß den Tod nur rasen, wie er will,
Doch stell' dich ihm nicht selber in den Weg,
Denn wenn du fällst, so fällt die Macht zugleich,
Die ihn am Abend wieder fesseln kann,
Und keiner treibt ihn in sein Reich zurück.

Demetrius. Ich seh' das ein, doch ich versprech' dir nichts.
Nun will ich — Weißt du, was?
Mniczek. Gewiß! Dem König
Den Ausfall melden! Denn er wartet nur
Auf diesen Sieg, um auch mit einem Heer
Zu dir zu stoßen.
Demetrius. Das sei dein Geschäft,
Ich trag's bir auf! — Errätst du's wirklich nicht?
So giebt's auch Pflichten, welche du nicht kennst:
Ich will ein Mädchenherz beruhigen.
(Er geht ab nach links in sein Zelt.)
Mniczek (folgt ihm).
Poniatowsky. Der alte Woiwode predigt gut,
Doch seine Weisheit kommt von seinen Haaren,
Ich lobe ben, der aus der Kirche läuft.
Der Hetman Otrepiep (kommt von hinten Mitte).

Zweiter Auftritt.
Poniatowsky. Otrepiep. Dann **Kosaken.**

Otrepiep. Wo ist der Zar?
Poniatowsky. So fragt man nicht nach ihm.
Otrepiep. Geht's hier schon höfisch zu? So richte sich
Danach, wer will! Ich nicht!
Poniatowsky. Nach deiner Sprache
Mußt du der Chan der goldnen Horde sein.
Otrepiep. Das nicht! Nur Gouverneur von Astrachan.
Poniatowsky. So viel ich weiß, ist der noch nicht ernannt.
Otrepiep. Geh' ich nicht so hinein, verlaß dich brauf,
So komm' ich so heraus.
Poniatowsky. Ich wünsche Glück! Doch hüte dich inzwischen,
Ich meine, bis das neue Amt dich deckt,
Vor Strick und Beil.
Otrepiep. Nimm dich in acht!
Weißt du, wie's Timurs Kämmerling erging,
Als er den Juden schlug?
Poniatowsky. Ich bin nicht sehr
Vertraut mit Kämmerlingen.
Otrepiep. Nun, so hör's!
Der Jude kam in Lumpen zum Palast,

Doch trug er einen Diamant bei sich,
Der keine Schätzung litt.
 Poniatowsky. Auch du vielleicht?
 Otrepiep. Und als er mit Gewalt vertrieben ward,
Schrie er so laut, daß es der Fürst vernahm
Und aus dem Fenster sah.
 Poniatowsky. Ist Hundeart.
 Otrepiep. Da zog er schnell
Sein Kleinod aus dem Sack und hielt's empor
Und sprach: das bring' ich bir!
Gieb mir dafür den Wicht, der mich geschlagen,
Damit ich ihn zu Tode prügeln kann,
Und er erhielt den goldbetreßten Buben
Und einen ganzen Wald zum Rutenschneiden —
Drum sprich zu mir und nicht zu meinem Rock!
Du weißt nicht, was ich bringe!
(Großer Lärm.)

Kosakenvolk (zeigt sich hinten Mitte).
 Poniatowsky. Was ist das?
 Otrepiep (zu den Kosaken).
Halt! Halt! Wer rief euch schon? (Zu Poniatowsky.)
       Nur unbesorgt!
Es sind die Meinigen, die Saporogen!
 Poniatowsky. So wärest du —
 Otrepiep. Jawohl! Otrepiep!
Ich komm' vom Don
Und bring' euch seine wilden Kinder mit.
(Jubelgeschrei außerhalb.)

 Poniatowsky. Was giebt's denn jetzt!
 Otrepiep. Die Zarin naht!
 Poniatowsky. Die Zarin?
 Otrepiep. Ja! Was gilt die Wette:
Nun nennst du selbst mich einen bill'gen Menschen,
Wenn ich mit Astrachan zufrieden bin:
Die Zarin Mutter folgt mir auf dem Fuß!
 Poniatowsky. Und das war nicht dein erstes Wort?
(Er will ins Zelt links.)

Demetrius und **Woiwode Mniczek** (treten aus dem Zelt links).

Dritter Auftritt.
Die Vorigen. Demetrius. Mniczek.

Demetrius. Was ist?
Otrepiep (zu den Kosaken). Die Stirn geschlagen!
Da kommt der große Zar!
Alle Kosaken (verbeugen sich tief).
Demetrius. Was will der Mann?
Poniatowsky. Mein Fürst, er meldet ungeheure Dinge —
Otrepiep (zu Poniatowsky).
Warum? Die Mutter schickt mich an den Sohn.
Mniczek. Die Zarin?
Otrepiep. Ja! Sie fragt, ob offne Arme
Für sie vorhanden sind.
Mniczek. Hörst du?
Demetrius (fällt Mniczek an den Hals). Allmächt'ger Gott!
Otrepiep (zu Poniatowsky).
Was meinst du, wenn ich's wie der Jude machte,
Bekäm' ich dich zum Lohn für dies Geschenk?
Demetrius (erhebt sich rasch).
Tritt her und richte deinen Auftrag aus:
Was hast du von der Zarin mir zu sagen?
Vergiß kein Wort und setze keins hinzu,
Denn jedes wiegt mir schwerer, als die Welt.
Otrepiep (ist keck nahe an Demetrius herangetreten, weicht aber scheu und stotternd zurück).
Sie — ich —
Demetrius. Sprich ohne Furcht!
Otrepiep. Ich fürcht' mich nicht,
Ich stottre nur, das thu' ich von Natur,
Ich soll — — doch meines Mundes braucht's nicht mehr,
Da ist sie selbst.
(Musik.)
Marfa (kommt als Nonne mit der Äbtissin).
Polen und Kosaken (begleiten sie).

Vierter Auftritt.

Die Vorigen. Marfa. Äbtiffin. Polen. Kosaken. Dann ein Adjutant

Mniczek. Bei Gott, da ist sie selbst!
Ehrwürd'ges Haupt, wie bist du grau geworden,
Seit ich dich tanzen sah als junge Braut. (Zu Demetrius.)
Sie kennt mich. Komm!
Beide (schreiten auf Marfa zu).
Otrepiep. Ich wollt', ich wär' davon!
Den hatt' ich mir ganz anders vorgestellt.
Demetrius (läßt sich vor Marfa auf ein Knie nieder).
Ich weiß nicht, ob sich Reden oder Schweigen
Am besten ziemt in dieser größten Stunde,
Die mir das ganze Leben bringen kann,
Und wie ein Mensch, der keinen Namen hat,
Sink' ich zu deinen heil'gen Füßen nieder
Und harre, welchen du mir geben wirst!
Marfa. Welch Gaukelspiel erlaubt man sich mit mir!
Mniczek. Wie! Was?
Marfa. Man läßt mich mit Gewalt entführen
Und stellt sich jetzt, als käme ich von selbst.
Demetrius (springt auf).
Wenn das geschah, so wußt' ich nichts davon.
Und dies beweis' ich dir sogleich, ich schwöre:
Wer das gewagt, der stirbt den bittern Tod.
Nun nenn' ihn mir!
Otrepiep (wirft sich der Zarin zu Füßen).
Demetrius. Du klagst dich selber an,
Indem du bleich zu ihren Füßen sinkst
Und deine Hände faltest! Führt ihn ab.
Otrepiep. Großmächtigster — Wie hätt' ich's mich ver=
                              wogen —
Ich bitt' um mein Geschenk für das Geleit.
Marfa. Steh auf, hier hast du meinen letzten Ring.
Demetrius (zu Mniczek, indem er ihn umarmt).
Du warst es nicht, Gottlob! (Zu Marfa.) Du siehst,
Mein Name ward gemißbraucht, und ich kenne
Den Frevler wohl, wenn deine Großmut ihn
Auch vor der Strafe schützt! (Zu Otrepiep.) Hast du mich je

Gesehn? Hab' ich ein Wort mit dir gesprochen?
Hab' ich von dir gewußt? Knie' noch einmal,
Und dann hinweg mit dir! Du hast das Siegel
In Gottes Hand zerbrochen, und mir wird
Nun ewiglich der Himmelsstempel fehlen,
Der alle Zweifel siegreich niederschlägt! (Zu Marfa.)
Denn wie das Salböl ruhig steht im Schrein,
Und wie die Krone schläft auf sammtnem Kissen,
Bis Schwert und Lanze ihre Pflicht gethan,
So solltest du im Kloster auch verharren,
Bis Gott entschieden durch die letzte Schlacht,
Und erst, wenn ich die heil'gen Weihen trug,
Womit die Kirche Fürstenstirnen ehrt,
Wollt' ich die höchste mir von dir erbitten,
Denn diese kommt, ich weiß es wohl, von dir.
Du bist bewegt und eine Thräne blinkt
Aus deinen Augen leuchtend mir entgegen:
Sprich, hast du noch den Namen nicht für mich?

 Marfa. Wär's möglich? Wär' mir an der Todespforte
Ein Glück beschert, das alle meine Schmerzen
Schon durch die bloße Hoffnung überwiegt?
Ich wag' es nicht, zu glauben, doch das fühl' ich:
Nicht edler könnt' mein Sohn jetzt vor mir stehen!
Und das ist wahr: aus diesem Auge blitzt
Im Zorn der grimmige Kometenfunke,
Vor dem die Welt so oft zusammenfuhr,
Wenn Iwan finster blickte, ja, es sind
Dieselben Züge, ist dieselbe Stimme —
Was hält mich ab, sein treues Ebenbild
An meine Brust zu ziehn?

 Demetrius. Was hält dich ab? (Er breitet seine Arme aus.)
 Marfa (sinkt hinein, tritt dann zurück).
O Gott, es ist geschehn!
 Demetrius. Bereust du's, Mutter?
 Marfa. Laßt mir nur Zeit, ich tret' ja auf ein Grab,
Und unentschieden zwischen dem, der lebend
Vor meinen Augen steht und dem, der modert,
Schwankt mir das Herz in der beklemmten Brust.

 Aniczek. Sollt' ich mein Glück und meiner Tochter Heil

Wohl an ein schlechtes Abenteuer wagen?
Auch bin ich's nicht allein, der Gut und Blut
An diese heil'ge Sache setzt, ihr dienen
Die Besten aus den edelsten Geschlechtern
Des ganzen weiten Polenreichs.
Willst du die einz'ge Stumme sein und zweifeln,
Wo Fürsten freudig ihre Kronen wagen
Und arm geborne Knechte ihren Kopf?
    Demetrius (gegen Mniczek).
Du stehst hier nicht vor dem Bojarenrat,
Den du durch deiner Zeugnisse Gewicht
Zerschmettern magst, wenn er in Moskau mir
Die Huldigung verweigern will, du stehst
Vor einer Mutter, die sich frei entscheidet,
Und wenn mich Gott, der mich auf seinen Händen,
Bis hierher trug, zuletzt noch fallen läßt,
So halte sie mich selber für betrogen
Und spreche für den Toten ein Gebet.
    Mniczek. So stand's vielleicht, bevor sie ihre Zelle
Verlassen hatte, aber jetzt nicht mehr.
Wenn sie nicht mit dir ist, so ist sie auch
Schon wider dich! Ja, wenn sie nicht sogleich
Durchs Lager dich begleitet, und den Völkern,
Die ungeduldig darauf warten, dankt,
So wirbt sie hier ein Heer für Boris an,
Und richtet dem, der dich ermorden wollte
Und sie begrub, den umgestürzten Thron
Zum Staunen und zum Schrecken aller Welt
Von neuem auf, und fester, als zuvor!
    Marfa. O das wird nie geschehn, ich bin bereit.
    Adjutant (kommt von hinten Mitte).
Der kaiserliche Feldmarschall, Fürst Schuiskoi! (Er geht ab.)
    Demetrius. Was kann das sein?
    Mniczek. Dein Glück ist gut gelaunt —
Das ist ein Tag, wie Aarons dürrer Stab,
Jedwede Stunde schlägt in Blüten aus.
    Fürst Schuiskoi (kommt mit seinem Generalstab).

Fünfter Auftritt.

Die Vorigen. Schuiskoi mit seinem Generalstab. Dann der Adjutant.

Schuiskoi (vor Demetrius kniebeugend).
Mein Fürst, du hast den Sieg davongetragen,
Fast thut's mir leid, weil dir ein höherer
Dadurch entgeht. Noch hat die Weltgeschichte
Das ungeheure Schauspiel nicht gesehn,
Daß sich der Sieger auf dem Schlachtfeld selbst
Den Kranz vom Haupte reißt und dem Besiegten
Ihn auf den Knien errötend überreicht:
Heut wäre das geschehn. (Zu Marfa.) Wo du verweilst,
Da ist der echte Zar; wo Marfa segnet,
Muß Schuiskoi huldigen! Heilige, dir fehlt's
Gewiß am Angebinde für den Sohn,
Denn du bist aus der Gruft emporgestiegen
Und Tote sind so arm, wie Ungeborne:
Nimm mich zu beinem Sklaven an und schenke
Mich wieder weg an den von deinen Freunden,
Dem du den treusten aller Diener gönnst.
Demetrius. Fürst Schuiskoi, hoch willkommen seid Ihr mir!
Schuiskoi (steht auf).
Mniczek (zu Marfa).
Siehst du? Der Boden blüht, wohin du trittst.
Demetrius. Wie viel der Truppen bleiben unserm Feind?
Schuiskoi. Frag' nicht danach, und wären's Millionen:
Du schlägst sie alle durch ein einz'ges Blatt!
Demetrius. Was meinst du?
Schuiskoi. Gieb die Bauern wieder frei.
Mniczek. Wahr! Wahr! Das hätt' ins Manifest gehört!
Schuiskoi. Und hebe das Verbot der Ehen auf,
Das noch weit schwerer auf den Adel drückt.
Mniczek (zu Schuiskoi).
Ich weiß! Dein eigner Sohn. (Zu Demetrius.)
 Sogleich! Nicht wahr?
Demetrius. Das will im Staatsrat erst erwogen sein!
Mniczek. Ei was!
Demetrius. Ich kann darüber nicht entscheiden,
Doch wird geschehn, was recht und billig ist.

Schuiskoi. Großer Zar,
Gewähr' uns gleich, was du gewähren willst:
Ein edles Fräulein steht verzweifelnd zwischen
Der Schande und dem Tode, der Tyrann
Ist unerbittlich, rette du das Kind!
    Demetrius. Das kann ich, ohne das Gesetz zu streichen,
Und thu' es gern.
    Schuiskoi. Es wäre aber gut —
    Demetrius. Du willst mir doch nicht die Bedingung stellen?
Das Markten kommt zu spät.
    Mniczek. Er meint ja nur,
Du würdest alles Blutvergießen hindern,
Wenn du ihm folgtest.
    Demetrius. Und vielleicht dafür
Was Schlimmres thun! Es ist nicht alles schlecht,
Was Boris that. Wer sich vom Stall heraus
Den Weg zum Zarenthron zu bahnen weiß,
Der ist kein Thor! Genug, ich schlag's nicht ab
Und sag's nicht zu, es wird im Rat geprüft!
    Adjutant (kommt wie vorher).
Die Ratsherren von Nowgorod.
    Der Bürgermeister von Nowgorod (kommt mit **zwei Ratsherren,** die auf Kissen die Schlüssel der Stadt tragen).

Sechster Auftritt.

Die Vorigen. **Der Bürgermeister von Nowgorod. Zwei Ratsherren. Adjutant.**

Der Bürgermeister (hinter ihm die **zwei Ratsherren,** knieen vor Demetrius nieder).
    Bürgermeister. Mein Fürst,
Wir flehn dich, einzuziehn in unsre Mauern,
Die Thore stehn dir auf, und unsre Weiber
Und Kinder liegen längst schon in den Straßen,
Durch die du reiten mußt.
    Demetrius. Wozu denn das?
    Bürgermeister. Wir haben sie, statt Blumen hingestreut,
Du kannst sie, samt den Deinigen, zertreten,
Wenn du nicht Gnade üben willst; sie werden,
Sich nicht erheben, und wir sind bereit,

Uns neben sie zu legen.
Demetrius. Welche Schuld
Drückt euch denn so danieder?
Bürgermeister. Keine andre,
Als daß wir jetzt erst kommen, unsern Herrn
Und angestammten Zaren zu begrüßen.
Demetrius. Gebt einmal eine Münze!
Bürgermeister (reicht Demetrius eine Münze).
Demetrius. Wessen ist
Das Bild? Wen stellt es vor? Mich selbst vielleicht?
Vergleicht! Nicht wahr? Das Alter trifft nicht zu,
Die Runzeln fehlen ganz und halb der Bart.
Nun, wenn ich der nicht bin, der dies Metall
Gestempelt hat, so kann ich auch wohl der
Nicht sein, dem ihr Gehorsam schuldig war't!
Drum geht und schickt die Weiber und die Kinder
Zum Kränzewinden in den nächsten Wald,
Wir hatten Rot genug und brauchen Grün.
Die Deputation (geht ab).

Siebenter Auftritt.
Die Vorigen ohne die Deputation.

Mniczek. Der Alte hat gewiß dem Schrecklichen
Doch ins Gesicht geblickt und ist das Zittern
Nicht wieder los geworden.
Demetrius. Hat mein Vater
So furchtbar hier gehaust? — Nun, ich will segnen,
Wie er geflucht.
Mniczek. Zum Heer! Was zögerst du?
Sie stehn noch unter Waffen.
Demetrius. Wohl! Zum Heer!
Schulskoi (zu Marfa).
Sie werden jubeln, wenn sie ihren Zaren
In so ehrwürdigem Geleite sehn.
Marfa (zu Demetrius).
Und ich will jeden, wie am Ostermorgen,
Umarmen, der das Schwert für dich gezückt.
Mniczek. Kommt! Kommt!
Demetrius. Erst mich noch einmal.

Marfa (umarmt ihn).
Alle (außer **Schuiskoi** und **Otrepiep**) gehen ab nach links hinten)

Achter Auftritt.
Schuiskoi und Otrepiep.

Schuiskoi. Wär's denn wahr?
Otrepiep. Nein!
Schuiskoi. Wer bist du?
Otrepiep. Ein Mann, der's wissen kann!
Schuiskoi. Hast du Beweise?
Otrepiep. Herr, die Antwort führte
Zu weit, ich bin nicht sicher. Habt Ihr Raum
In Eurem Zelt für mich?
Schuiskoi. Verbirg dich dort,
Ich seh' dich bald.
Otrepiep (ballt die Faust nach Demetrius hinüber und schleicht si[ch]
nach rechts hinten ab).
Schuiskoi. Das träfe sich ja gut. (Er lacht.)
Wer kann mich schelten, daß ich huldige,
Wo selbst die Mutter huldigt? Und wer darf
Mich tadeln, daß ich den Betrüger wieder
Verlasse, wenn man ihn entlarvt, und mich
An seine Stelle setze? Er ist zäh,
Das merkt man schon, ich prüft' ihn nicht umsonst.
Wer über Nacht zu einer Krone kommt,
Der pflegt die besten Perlen schon vor Tag
Als Trinkgeld an die Schreier wegzuschenken.
Doch er hält fest, wie ein geborner Prinz,
Nicht einmal ein Gesetz, ein Blatt Papier
Mit Tintenklecksen drauf, läßt er sich nehmen,
(Demetrius nachahmend)
„Das will im Staatsrat erst erwogen sein!"
Bei diesem Wechsel käme viel heraus,
Der eine spricht Diskant, der andre Baß,
Doch alle beide sagen Nein und Nein.
Gleichviel. Du bist der Stein in Boris Weg,
Bricht er den Hals, so kommt es dem zu statten,
Der dich als Schemel zu gebrauchen weiß.
(Fanfaren und Jubel außerhalb.)

Jetzt schwören sie! Auch du heraus, mein Schwert.
(Er eilt mit gezogenem Schwert ab nach rechts hinten.)
Marfa und die Äbtissin zu Wyksa (kehren von links hinten zurück).

Neunter Auftritt.
Marfa. Äbtissin.

Äbtissin. Nun, hat das Mutterherz in dir gesprochen?
Marfa. Ist er nicht edel?
Äbtissin. Danach frag' ich nicht,
Doch ist er echt? Denn nicht dem Edelsten,
Dem Echtgebornen nur gehört der Thron,
Und so ist's recht.
Marfa. Glaubst du, daß er's nicht ist?
Äbtissin. Du weichst mir aus und das begreif' ich wohl,
Denn wenn dir nur der kleinste Zweifel blieb,
So bist du elend, wie noch nie ein Weib.
Marfa. Du willst mich schrecken.
Äbtissin. Ist's nicht wahr? Sprich selbst!
Was hat den Feldherrn Boris Godunows
hierher getrieben? Seine Niederlage?
Er war besiegt, doch nicht zertreten.
Sie werden alle folgen, doch auch alle
Wie Schuiskoi, schwören, daß es nur geschieht,
Weil du voran gegangen — ringsum wird
Der Bürgerkrieg entbrennen, jeder Greuel
Wird deinen Namen tragen; wird's dich nicht
zu Boden drücken, wenn du deines Herzens
nicht völlig sicher bist?
Marfa. Wer sagt dir denn,
Daß ich's nicht bin?
Äbtissin. So hat sich die Natur
in dir geregt, so stark in dir geregt,
Daß jeder Widerspruch beschämt verstummte,
Der sich in deinem Innersten erhob?
So hättest du aus Millionen ihn
Herausgefunden und an deine Brust
Geschlossen, wenn er auch im Bettlerkleid
erschienen wäre, weil dein altes Blut

Bei seinem Anblick wieder glühend wallt
Und weil dir auch das seine jugendlich
Zu freud'gem Gruß entgegensteigt?
 Marfa. Spricht denn
Das Blut so klar und laut?
 Äbtissin. Ich weiß es nicht.
Doch denk' ich mir die Mutter und ihr Kind
Durch irgend ein geheimnisvolles Zeichen,
Das sie allein erkennen und verstehn,
Für alle Zeit unwandelbar verknüpft,
Denn Zeugen können lügen, Ringe lassen
Sich stehlen, ein Naturspiel wiederholt sich,
Doch wenn ein solches innres Zeichen fehlt,
So ist der Mensch zu ew'ger Nacht verdammt,
Und sollte niemals sagen: dieser ist's!
 Marfa. Ich kenn' den Ort, wo sich das Rätsel löst.
 Äbtissin. Was meinst du?
 Marfa. Hast du meinen Wunsch vergessen?
Den einz'gen, der mir aus dem Lärm der Welt
Ins Kloster folgte und mich nie verließ?
 Äbtissin. Du wolltest einmal an dem Sarge beten,
Der deines Sohnes blut'ge Asche birgt.
 Marfa. Ich werd' in Moskau an dem Sarge beten,
Der — dieses Kindes blut'ge Asche birgt!

Dritter Aufzug.

Platz in Moskau.
Links Portal mit Stufen in den rückwärtigen Teil der Gruftkirche. Links vorn ein Seiteneingang für den Küster. Die Häuser sind mit Teppichen, Kränzen und Fahnen geschmückt. Rechts vorn und links hinten Ehrenpforten, durch welche der Einzug des Demetrius erfolgt.

Erster Auftritt.

Rurik. Ossip. Petrowitsch. Viel Volk. Otrepiep im Mönchsgewand im Hintergrunde unter dem Volk herumgehend und agitierend.

Rurik. Ja, Kameraden, nun giebt's Fest auf Fest!
Der neue Zar zieht ein, der alte aus.
Hier kommt der große Krönungszug vorbei,
Wer lieber flucht, der geht zum blauen Kloster,
Wo Godunow den letzten Umzug hält.
Hier goldne Wagen, Ehrenpforten, Kränze,
Und dort ein Sarg, den man mit Kot bewirft;
Man hat die Wahl und kann's nicht besser wünschen,
Ein jeder findet was für sein Gemüt.
Ossip. Nur schade, daß man sich nicht teilen kann,
Ich möchte beides haben, hier den Anfang
Und dort das Ende, ja das Ende wäre
Mir noch viel lieber, doch man muß wohl bleiben,
Denn Tote werfen keine Münzen aus.
Petrowitsch. Wißt Ihr's gewiß, daß man dem toten Zaren
Zu Leibe darf?
Rurik. Du willst ihn doch nicht prügeln?
Petrowitsch. Warum nicht? Aus dem Sarg möcht' ich
ihn reißen
Und das am Bart.
Rurik. Hat er dir was gethan?
Petrowitsch. Wer hat uns den Andreastag geraubt,
An dem wir Bauern lustig, wie die Störche
Und Schwalben, in die Weite steuerten

Und mit der Sonne zogen? Jetzt muß jeder
Zu Hause bleiben und den Fleck bebauen,
Auf dem er's Laufen lernte! Alle Teufel,
Ich darf nicht fort aus Twer.
 Rurik. Und bist doch hier?
 Petrowitsch. Auf Kosten meiner Ohren. Die betracht' i[c]
Schon jetzt nicht mehr als Eigentum.
 (Er hebt einen Stein auf.)
Du Hund! (Er wirft ihn zur Erde.) O daß du's fühltest!
 Rurik. Du stehst wirklich
Noch hinter uns zurück, das ist gewiß,
Wir dürfen doch verhungern, wo wir wollen!
Wer drängt denn wieder so?
 Ossip. Das alte Weib!
 Rurik. So gebt ihr einen.
 Barbara (drängt sich durch).

Zweiter Auftritt.
 Die Vorigen. Barbara. Dann der Zug.

Barbara. Laßt mich doch mal vor!
Rurik. Willst du durchaus denn einen Arm verlieren?
Zum Spinnen brauchst du zwei, und alte Knochen
Sind mürb. Gieb dich zur Ruh.
 (Man hört eine Glocke.)
 Ossip. Was ist denn das?
Die Armesünderglocke?
 Rurik. Das Geläut
Des toten Zaren. — Mich wundert,
Daß man noch so viel wagt.
 Petrowitsch (nimmt seinen Stein wieder auf). Zur guten Nac[ht]
 (Er geht ab nach links hinten.)
 (Die Glocke schweigt.)
 Rurik. Da bricht die Glocke ab! Es könnte kommen,
Daß man den Küster mit dem Strick erhängt,
Den er gezogen hat.
 Ossip. Ich möchte wissen,
Wie der gestorben ist.
 Rurik. An Gift. Wie sonst?
 Ossip. Es heißt ja aber doch —

Rurik. Wie's immer heißt,
An einem Schlage. Doch das ist nicht wahr,
Verlaß dich drauf. Am Schlage starb sein Sohn,
Der Feodor, der nur einen Tag regierte
Und der an einem Schlage mit der Axt.
   Otrepiep (tritt nun nach vorn).
Ja, Gift und Eisen wechseln droben ab,
Wie unten Ruhr und Pest. Ein Tod im Bett
Wär' für den Zaren ganz so unnatürlich,
Wie für den Bettler einer durch das Beil.
   Ossip. Das muß wohl sein.
   Otrepiep. Der neue wird es auch
Erfahren. Ja — (Er lacht und hält sich dann den Mund zu.)
   Ossip. Ihr kennt ihn?
   Otrepiep. Ganz gewiß!
Und das ist wahr: er sieht dem grimm'gen Iwan
So gleich, als ob er wirklich —
   Ossip. Glaubst du denn —
   Otrepiep (greift nach einer Münze an Ossips Halse).
                                 Ist das echt?
   Ossip. Wie sollt' es nicht?
   Otrepiep. Gestohlen? Oder —
   Ossip. Mönch,
Dich schützt dein Kleid, sonst —
   Otrepiep. Seht den Narren an!
Er droht mit Schlägen, weil ich höflich frage,
Ob er kein Dieb ist und ich soll den Zaren
Für einen Dieb erklären. Hoch der Zar!
   Barbara (erhebt ihre Hände).
Ja, hoch der Zar und nieder jeder Wicht,
Der ihm sein Recht bestreitet.
   Otrepiep. Heil ihm! Heil!
Hier findet er den Bürgen. England hat
Noch nicht gesprochen, Frankreich auch noch nicht,
Der deutsche Kaiser schweigt, doch diese Alte
Erklärt sich für ihn und nun wird Europa
Schon folgen müssen.
   Barbara. Du Hund von einem Mönch,
Was höhnst du mich? Ich weiß doch mehr davon,

Als du und alle.

Otrepiep. Habt Ihr ihm die Windeln
Vielleicht gewaschen?

Rurik. Nun, das könnte sein,
Ich kenn' sie wohl, sie war einmal im Kreml.

(Der Zug hat von rechts nach links begonnen.)

Kosaken und Soldaten (mit Fahnen im Zuge).

Ossip. Da laßt sie vor, damit sie Sohn und Vater
Vergleichen kann.

Barbara (drängt sich durch). Ja, laßt mich endlich vor,
Ich hab' das Recht dazu.

Otrepiep. Sie faselt schon.

Barbara. Sie faselt. Ja.

Polnische Soldaten (im Zuge).

Otrepiep. Da kommt schon polnisch Volk.
Man kennt sie an den Troddeln und den Quasten,
Und an dem stolzen übermüt'gen Blick.

Ossip. Mir kriecht das Blut, sobald ich sie nur sehe.

Otrepiep. Gewöhne dich daran. Die Zeit ist nah',
Wo du sie allenthalben sehen wirst,
Am Zoll, im Heer, nur nicht beim Gassenkehren,
Denn dafür dünken sich die Herrn zu gut.

Mniczek, Poniatowsky und polnische Edelleute (im Zuge).

Otrepiep. Das ist der Woiwod von Sendomir,
Der künft'ge Schwiegervater.

Ossip. Der wird —

(Er macht die Bewegung des Zugreifens und Einsteckens.)

Otrepiep. Ihr wißt ja, Polen ist das Land der Schwäm
Und dieser saugt am besten.

Ossip. Doch wo bleibt
Die polnische Zaritza?

Otrepiep. Wie man sagt,
Wird sie ins blaue Kloster gehn und dort
Verweilen bis zur Krönung.

Deutsche Landsknechte (im Zuge).

Otrepiep. Das da sind Deutsche!

Ossip. Die nur eine Zunge
Im Munde haben, und nicht lügen können —
So dumm, als plump!

Otrepiep. Nun macht die Augen auf,
Nun ist er nah, denn nicht mit treuen Russen,
Mit lauter Fremden hat er sich umgeben,
Mit Polen und mit Deutschen, ob er euch
Verachtet oder fürchtet, weiß ich nicht.
**Fürst Schuiskoi, Basmanow, Mstislawsky, russische Generale,
Offiziere** (im Zuge).
Ossip. Da kommt Fürst Schuiskoi.
Otrepiep. Hoch, Fürst Schuiskoi!
Volk. Hoch, Fürst Schuiskoi.
Schuiskoi (freundlich nach allen Seiten grüßend und winkend ab).
Otrepiep. Ja, das ist ein Mann!
Er hatte ihn geschlagen und ging doch
Mit seinem ganzen Heer zu ihm hinüber —
Rurik. Geschlagen? Ei, wir hörten —
Otrepiep. Glaubt es nicht!
Er hat die Schlacht gewonnen, da vernimmt er,
Daß ihn die Zarinmutter anerkennt —
Ossip. Hat sie das denn gethan?
Otrepiep. Entführt — Gezwungen —
Vielleicht aus Rache gegen Godunow —
Gleichviel! Doch was thut Schuiskoi, als er's hört?
Er ruft: „Bringt Stricke her und bindet mich,
Dann schleppt mich zu den Füßen meines Herrn,
Dem ich in meiner Blindheit Trotz geboten" —
Und ruht nicht eher, als bis das geschieht!
Was sagt ihr? Und ihr wißt, daß er der nächste
Zum Throne ist!
Ossip. Nun, das beweist doch viel!
Otrepiep. Jawohl! So lange ihm der Fürst von Schuiskoi
Zur Seite steht, wär' Zweifel Hochverrat,
Allein —
Ossip. Du stockst?
Otrepiep. Man wird ja sehn, was folgt.
Ihr kennt den Mann nun, dem ihr trauen dürft,
Wie sich der Wind auch immer drehen mag:
Der rechte Weg ist der, den Schuiskoi geht.
(Er verliert sich unter dem Volk, so wie Demetrius sich nähert.)
Barbara. Nein, daß ich diesen Tag erleben soll!

Ossip. Was hast du denn davon?
Barbara. Ich dank' dir, Gott,
Ich danke dir! Ich soll ihn wiedersehn,
Und das, ich werde närrisch, wenn ich's denke,
Und das als Zar!
Ossip. Tritt wieder hinter uns,
Nun wird's gefährlich.
Barbara. Nein, ich muß sein Kleid
Berühren!
Volk. Hoch der Zar! Es lebe Zar Demetrius!
(Großes Gedränge.)
Demetrius, Marfa, die Äbtissin, Geistliche, Gefolge, Soldaten
(kommen im Zug, der sich bisher ununterbrochen fortbewegt hat).

Dritter Auftritt.
Die Vorigen. Demetrius. Marfa. Äbtissin. Geistliche. Gefolge
Soldaten.

Soldaten (stoßen und schlagen, um das Volk von Demetrius zurück zudrängen).
Barbara (fällt, indem sie sich zu nähern sucht).
Helft mir! Gott, mein Bein, mein Bein!
Demetrius. Halt! Halt! Was giebt es da?
(Er tritt herzu.)
Ossip. Ein altes Weib —
Demetrius. Tot?
Ossip. Nein, sie rafft sich wieder auf!
Demetrius (zu Barbara). Reich' mir
Die Hand. (Er richtet sie auf.) Wo thut's dir weh?
Barbara. Weh? Herr — (Sie lacht krampfhaft auf.)
Demetrius. Was ist's
Mit ihr?
Ossip. Sie wagte sich zu weit heraus.
Sie wollte dir den Saum des Mantels küssen —
Demetrius. Und dabei nahm sie Schaden? Gute Mutter
Du hast den ersten Schmerz für mich erlitten,
Dir soll auch meine erste Gnade werden.
Komm morgen in den Kreml und melde dich.
(Er geht mit den Andern im Zuge vorüber nach links hinten.)
Volk. Hoch, Zar Demetrius! Es lebe der Zar!

Vierter Auftritt.
Ossip. Rurik. Barbara. Volk.

Barbara. Die Hand! Habt ihr's gesehn? Er reichte mir
die Hand —
Ossip. Und sprach — — Was wirst du morgen fordern?
Barbara. Herr Gott im Himmel, wer wird daran denken!
Ossip. Doch thätst du gut daran.
Die erste Gnade eines neuen Zaren,
Herr Gott, die ist ja Millionen wert!
Barbara. Ich hab' mein Teil. Doch wär' ich gern dabei,
Wenn ihm der heil'ge Patriarch die Krone
Aufs Haupt setzt —
Der Hetman Otrepjep (kommt in großer Eile zurück).
(Man hört Fanfaren und helle Töne aus der Ferne.)

Fünfter Auftritt.
Die Vorigen. Otrepjep.

Otrepjep. Hurra! Horch! Das geht schon gut!
Ossip. Was denn?
Otrepjep. Der Zar küßt die Reliquien,
Die Polen machen Tanzmusik dazu.
Ossip. Nein!
Otrepjep. Doch! Am Dom! Hört ihr's denn nicht! —
Doch still, was wollen die?
Marfa und die Äbtissin (kommen von links hinten).
Küster (ein Stelzfuß, kommt von links vorn).

Sechster Auftritt.
Die Vorigen. Marfa. Die Äbtissin. Der Küster.

Marfa. Da ist die alte Gruft.
Äbtissin. Und drüben steht der Küster. (Sie winkt.)
Küster (tritt heran). Was beliebt?
Äbtissin. Habt Ihr die Grabgewölbe im Verschluß?
Küster (rasselt mit dem Schlüsselbund).
Schon dreiundneunzig Jahre, denn ich bin
An hundertvierzig und ich kam so spät
Zu diesem Amt, weil im Tatarenkrieg
Ich dieses Bein verlor.

4*

Äbtissin. So wißt Ihr wohl
Genau Bescheid?
Küster. Ei! Alles was Ihr wollt!
Wo jeder liegt, wie viele Ringe er
Am Finger trägt, wie reich die Krone ist,
Ob die Juwelen klein sind oder groß,
Genug, was man auch immer fragen mag.
Das heißt: den großen Iwan nehm' ich aus,
Da ließ die Totenwache mich nicht zu,
Weil ich betrunken war, und auch das Kind,
Das Kind aus Uglitsch, den Demetrius,
Der jetzt — (Er bricht ab und schüttelt den Kopf.)
                Ich wollte sagen, dieses Kind
Kam gleich in Blei und Eisen an, versiegelt
Wie ein Geheimnis für den jüngsten Tag,
Und ward so beigesetzt.
Marfa. Ganz still, nicht wahr?
Küster. O nein, so feierlich, wie je ein Prinz
Und noch viel feierlicher.
Äbtissin. Wollt Ihr uns
Hinunter führen?
Küster. Heute kann's nicht sein!
Äbtissin. Warum denn das nicht?
Küster. Weil uns allen streng
Verboten ist, von unserm Platz zu gehn.
Der Zar kann kommen. Sonderbar, nicht wahr?
Er soll erst kommen, und er ist schon hier.
Marfa. Wir nehmen das auf uns. Ich bin die Zarin.
Küster (küßt ihr Gewand).
Ich schau' mich nur nach einer Fackel um.
(Er geht ab nach links vorn.)

Siebenter Auftritt.
Die Vorigen ohne den Küster.

Äbtissin. Du bist am Ziel.
Marfa. Mein Herz klopft fürchterlich.
Glaubst du an Offenbarungen?
Äbtissin. Wie sollt' ich
Nicht glauben, was die heil'ge Kirche lehrt?

Marfa. Ich frag' nicht, ob du an die Stimme glaubst,
Die einst von Himmels Höh' herab erscholl,
Als sich des Menschen Sohn am Jordanfluß
Dem Täufer beugte, nein, ich frage dich,
Ob diese Stimme noch ertönen kann.
Und ob es einen Ort giebt auf der Welt,
Wo man mit größerm Rechte auf sie hofft,
Als der, den ich nun gleich betreten soll?
Äbtissin. Du standest schon auf einem höhern Tabor,
Als du den Sohn an deinem Herzen hieltst!
Marfa. Da schwieg sie.
Äbtissin. Nun, so schweigt sie hier wohl auch.
Marfa (breitet die Arme gen Himmel aus).
Allmächt'ger Gott, du ließest es geschehn,
Daß solch ein ungeheurer Widerspruch
In einer Mutter Brust entstehen konnte:
Erbarme dich denn auch und löse ihn.
Küster (erscheint mit einer Fackel links vorn und geht in das Gruft=
portal).
Marfa und Äbtissin (gehen ihm nach).

Achter Auftritt.

Die Vorigen ohne Marfa, Äbtissin, Küster.

Otrepjep. Seltsam! Der erste Weg zur Totengruft?
Was sucht sie dort?
Ossip. Wer war's?
Otrepjep. Die Zarin Marfa,
Die Mutter!
Barbara. O ich hab' sie wohl erkannt!
Ossip. Nun, das ist doch kein Wunder.
Otrepjep. Nicht?
Ossip. Ihr Gatte,
Der große Iwan liegt ja hier!
Barbara. Und auch
Ihr Sohn.
Otrepjep. Ihr Sohn? Der zog ja eben noch
Als Zar an uns vorbei.
Barbara. Nun ja! Das Kind,
Das sie so lange dafür hielt.

Otrepiep. Das Kind
Aus Uglitsch? Ei! — Ja, ja, das könnte sein!
Iwan Wasiljewitsch ist nicht der Heil'ge,
An dessen Sarg man betet! Doch das Kind —
Das Kind, das man vielleicht verleugnet hat —
Ich muß es wissen! Wenn's dem Kinde gilt,
So ist das Gaukelspiel schon heut' entlarvt
Und Schuiskoi erbt die Welt, bis auf den Teil,
Den ich mir ausbedang.
(Er geht ab in die Gruft, indem er sich auf der Schwelle tief bekreuzt.)
Schuiskoi, Basmanow, Mstislawsky (kommen von links hinten).

Neunter Auftritt.
Die Vorigen. Schuiskoi. Basmanow. Mstislawsky.

Schuiskoi. Da sind wir denn zum erstenmale wieder
Beisammen, seit uns der gestrenge Herr
Zu Felde schickte.
Basmanow. Damals flog der Schnee,
Jetzt giebt es Blumen. Auch der Lorbeer grünt.
Schuiskoi. Wir hatten aber Unglück! Tula ging
Dir schnell verloren.
Basmanow. Doch nicht ganz so schnell,
Wie dir Nowgorod.
Schuiskoi. Und der da konnte
Den Feind nicht finden.
Mstislawsky. Ja, ich war wie blind.
Basmanow. Das hat uns um den besten aller Zaren
Gebracht.
Schuiskoi. Wer weint zuerst? Ich folge nach!
Ihr Herrn, was soll nun werden?
Mstislawsky. Was schon ist.
Basmanow. Wär' Ruriks Blut noch nicht erlaucht genug?
Das fließt ja in den Adern unsers Neuen,
Und daß er gut an Boris Stelle taugt,
Bewies er eben!
Schuiskoi. Was ist denn geschehn?
Basmanow. Ihr kennt den alten Erzspion, den Orlow —
Mstislawsky. Wer kennt ihn nicht!

Basmanow. Der drängte sich zu ihm — (Zu Schuiskoi.)
Was, du entfärbst dich?
Schuiskoi. Weiter! Weiter! Sprich!
Basmanow. Er flüsterte — (Zu Schuiskoi.)
Du brauchst dich nicht zu schämen,
Mir selber kroch das Haar!
Mstislawsky. Seid ihr schon wieder
So weit? Mein Herz ist rein!
Basmanow. Da schlug der Zar
Ihm auf den Mund und rief: Verflucht der Tag,
Wo ich den Späher hör'! Wer edle Thaten
Zu melden hat, der ist mir stets willkommen,
Was sagt ihr? Paßt er? Orlow aber sprach: —
Der graue Schurke war bewundrungswert —
Deswegen kam ich just, ich wollte dir
Den allertreusten Mann des Reiches nennen,
Und nannte, freue dich, mein Schuiskoi, dich!
Schuiskoi. So hat's der Hund heraus. O daß man den
Nicht abgekauft hat. Sprach er niemand sonst?
Basmanow. Ich glaube nicht.
Schuiskoi. Gott — — geb's!
Der Hetman Otrepiep (erscheint wieder im Portal der Gruft).

Zehnter Auftritt.
Die Vorigen. Otrepiep.

Otrepiep. Heran! Heran!
Wer Wunder sehn und Rätsel lösen will!
Schuiskoi. Was giebt es da?
Otrepiep (in der Mitte). Erlauchter Fürst, gestattet
Mir eine Frage! Welchen Zaren soll
Ich jetzt verehren? Zarin Marfa,
Die eben noch den einen mütterlich
Vor dir und mir und aller Welt umarmt,
Wäscht jetzt den Sarg des anderen mit Thränen,
Darum noch einmal: wer ist unser Zar?
Schuiskoi. Das ist höchst sonderbar.
Barbara. Den Mönch
Könnt' ich vergiften.

Otrepiep (für sich). Dort kommt der Woiwode
Von Sendomir! Fort! Fort!
(Er eilt ab nach rechts.)

Elfter Auftritt.
Die Vorigen ohne Otrepiep.

Schuiskoi. Was sagt ihr dazu? Ist's nicht offenbar,
Daß hier der ungeheuerste Betrug
Gespielt wird?
Basmanow. Das ist klar.
Schuiskoi. Und wollen wir
Die Narren sein, die sich wie Schachfiguren,
Wie Tote, schieben lassen? Noch zur Nacht
Zeig' ich, daß ich lebendig bin und stoße
Das ganze Brett um.
Basmanow. Bist du toll? Der Polen
Und Deutschen sind zu viel.
Schuiskoi. Die habe ich
In Moskau so zerstreut, daß eine Hand
Voll Erbsen, in ein stürm'sches Meer geworfen,
Sich leichter noch zusammenfinden würde
Wie sie. Ich wag's, ich trete heut noch zwischen
Den Gaukler und die Krone, daß sie nicht
Zum zweitenmal befleckt wird.
Mstislawsky. Still! Still! Der Woiwod!
Der Woiwode Mniczek, Poniatowsky (mit Soldaten haben sich langsam genähert).

Zwölfter Auftritt.
Die Vorigen. Mniczek. Poniatowsky. Soldaten.

Schuiskoi (zu Mniczek). Hochedler Herr,
Wir hörten, daß der Zar an dieser Stätte
Erscheinen und die teuren Überreste
Des hocherlauchten Vaters küssen würde —
Mniczek. Das wird auch gleich geschehn.
Schuiskoi. So sind wir denn
Am rechten Ort. Wir eilten ihm voraus,
Ihn zu empfangen.

Marfa und **die Äbtissin** (erscheinen wieder im Portal).
Der Küster (voran).
Basmanow und **Mstislawsky** (sind unbemerkt wieder nach links hinten abgegangen).

Dreizehnter Auftritt.

Die Vorigen ohne Basmanow und Mstislawsky. Marfa. Die Äbtissin. Der Küster.

Mniczek. Aber was ist das?
Schuiskoi. Wißt Ihr's noch nicht? Die fromme Zarin war
Wohl eine Stunde drunten. Seltsam nur —
Wo blieb der Mönch?
Mniczek. Was findet Ihr so seltsam?
Schuiskoi. Aus der Kirche kam
Ein Mönch, ein harmlos schlichter Mensch, der dort
Gebetet hatte, der berichtete,
Die fromme Zarin kniee nicht am Grabe
Des großen Gatten, wie er sich gedacht —
Mniczek. Nicht? Und wo denn?
Schuiskoi. An einem Kindersarg,
Den sie mit Thränen wasche.
Mniczek. Hatte sie
Denn mehr der Kinder?
Schuiskoi. Nein! Doch ist der Knabe hier
Bestattet, der in Uglitsch starb, und den
Beweinte sie.
Mniczek. Hat das der Mönch gesagt? —
Er hieß doch nicht Otrepiep?
Schuiskoi. Wie soll
Ich wissen, wie er hieß?
Mniczek. Je nun, ihr Herrn,
Was wär' es denn? Was ist hier wunderbar?
Wenn sie dem armen Kinde, das dem ihren
Als Opfer fiel und seine goldnen Windeln
Mit seinem Blut bezahlte, eine Thräne
Des Mitleids schenkte: hat sie mehr gethan,
Als ihr begreifen könnt?
Schuiskoi. Ich faß' es wohl,

Doch bie, (auf das Volk weisend) die schreien jetzt: wer ist
 denn echt,
Der Tote oder der Lebendige?
Mniczek. Nun, denen werden wir's noch heute zeigen,
Der Sarg muß fort! (Er winkt der Wache.)
 Doch erst, Herr Fürst von Schuiskoi
Verhaft' ich Euch um Hochverrat.
Schuiskoi. Herr Pole!
Mniczek. Den Degen!
Schuiskoi (hat Poniatowsky den Degen gegeben und wird von den
Soldaten abgeführt, wendet sich jedoch noch vorher).
 Mein Volk, hab' acht, was jetzt geschieht
 (Er geht ab.)

Vierzehnter Auftritt.

Die Vorigen ohne Schuiskoi und die Soldaten. Dann Stimmen
 außerhalb.

Äbtissin und **Marfa** (sind die Stufen des Portals heruntergestiegen).
Äbtissin. Nun?
Marfa. Der Himmel spricht nicht mehr.
Äbtissin. So weihe dich dem Lebenden!
Mniczek. Die graue Thörin. (Er ruft.) Küster!
Küster. Zu Befehl!
Mniczek. Verfluchter Hund, ward dir's nicht angesagt,
Daß der erlauchte Zar noch heut die Gruft
Besuchen wird?
Küster. Nicht als gewiß.
Mniczek. Wie kommt's,
Daß du sie nicht vorher gereinigt hast?
Küster. Herr, von den Treppenstufen könnt Ihr essen,
So blank sind sie gefegt und für die Spuren,
Die Ihr entdeckt, steht Euch mein Kopf zum Pfand.
Mniczek. Was rühmst du dich, daß du das Haus getüncht,
Wenn du zweideut'ge Gäste darin duldest?
Wessen ist die Gruft?
Für wen ward sie gebaut? Für Nuriks Stamm!
Nun, schlafen lauter Sprossen Nuriks hier?
Begreifst du noch nicht?

Küſter. Ja, ich glaube wohl.
Mniczek. So thu', was deines Amts!
Marfa. Ich bitt' Euch ſehr —
Mniczek. Ihm ſoll gar nichts geſchehn, er iſt ja alt,
Doch ſchmerzt es mich, daß ſeine Trägheit Euch
Die vielen Thränen koſtete. Ich glaub's,
Was mußte Euch nicht ins Gedächtnis kommen,
Als Ihr den Sarg erblicktet! Immer war's
Ein Kind, wenn auch das Eure nicht, das ſchändlich
Geopfert wurde, hatte eine Mutter,
Wenn Ihr es auch nicht wart, und ſchwebte Euch
Mit ſeiner Todeswunde zwanzig Jahre
Als Euer eignes vor! Ich hätte ſelbſt
Geweint, doch darf ſich das nicht wiederholen,
Denn man mißdeutet's! — Gleich erſcheint dein Sohn
Und trocknet dir die Thränen ab. Soll der
Lebendige dem Toten auf der Treppe
Begegnen? — Schaff' den Sarg hinaus!
Marfa. Nein! Nein!
Mniczek. Unglückliche, was thuſt du!
Äbtiſſin. Weh ihr! Weh!
Jetzt ſpricht der Himmel durch ihr Herz.
Mniczek (weiſt auf die Volksgruppen). Schau hin,
Wie die da ſtehn und ihre frechen Köpfe
Zuſammen ſtecken! Straf' ſie Lügen,
Sonſt wird es Marktgeſchrei.
Äbtiſſin. Du biſt
Der Gouverneur von Moskau, haſt Gewalt,
Zu thun, was dir gefällt, wir werden gehn,
Wer hindert dich dann noch?
Mniczek. Nein, das iſt nicht
Genug, ſie ſelber muß es anbefehlen,
Sonſt lacht man jetzt dazu. Und warum nicht?
Sie hat den erſten Schritt gethan, wie kann
Sie zaudern bei dem zweiten? Heute ſegnen
Und morgen fluchen? Braucht's der Gründe mehr,
So ſeid gewiß, daß Tod und Leben
Im Ausgang dieſer Stunde hängen kann!
Äbtiſſin. So iſt's vielleicht.

Marfa. O Gott, ich kann ja nicht!
Stimmen (außerhalb).
Der Zar! der Zar! Es lebe der Zar!
Demetrius (kommt mit vielen Bojaren, Basmanow, Mstislawsky, Soldaten, Volk von links hinten).

Fünfzehnter Auftritt.
Die Vorigen. Demetrius. Basmanow. Mstislawsky. Bojaren. Soldaten. Volk.

Demetrius (nähert sich Marfa).
Ehrwürdige, so kamst du mir zuvor?
Willst du mich zu dem toten Vater führen,
Damit ich doppelt ihm willkommen sei?
O reich' mir deine Hand, ich folge dir.
Äbtissin. Sie hatte ein Gelübde hier zu lösen,
Das keiner kennen darf, als Gott und sie,
Und muß jetzt noch in sieben Kirchen gehn.
Demetrius. So segne mich zuvor in seinem Namen,
Wie du in deinem mich gesegnet hast.
(Er kniet vor ihr nieder.)
Marfa. Aus meiner vollsten Seele thu' ich das!
Und könnt' ich alle Kräfte, die im Himmel
Und auf der Erde das Gedeihen schirmen,
Hernieder rufen auf dein einzig Haupt,
Ich thät' es und beraubte alle Welt.
(Nach einer Pause.)
Sei glücklich, wie du groß und edel bist!
(Sie geht ab mit der Äbtissin nach rechts hinten.)

Sechzehnter Auftritt.
Die Vorigen ohne Marfa und Äbtissin.

Mniczek. Nun kann es doch geschehn!
(Er spricht mit dem Küster.)
Küster (begiebt sich dann in die Gruft links hinten).
Demetrius (zu den Bojaren). Wo ist denn Schuiskoi?
Basmanow. Noch eben war er hier.
Mniczek. Ich habe ihn
Um Hochverrat verhaftet.
Demetrius. Heute! Ihn!

Mniczek. Ja! Heute! Ihn! Denn morgen war's zu spät.
Demetrius. Ich hoff', Herr Woiwod —
Mniczek. Der Gouverneur steht ein mit seinem Kopf
Für den Beweis!
Demetrius. Ihr Herren Reichsbojaren,
Das thut mir weh!
(Er will in die Gruft.)

Mniczek. Noch einen Augenblick!
Demetrius. Warum? Wozu?
Mniczek. Die Knechte, die den Kreml
So rasch von Boris Brut gesäubert haben,
Vergaßen, daß auch hier noch Unrat ist.
Demetrius. Was soll das heißen? Ich versteh' dich nicht!
Küster (erscheint im Portal links hinten, den goldenen Kindersarg tragend).
Mniczek. Die Puppe, die in Uglitsch deine Rolle
Gespielt hat!
Demetrius. Wie? Das Kind? Das arme Kind,
Das Boris schlachten ließ?
Mniczek. Dies arme Kind
Gehört nicht in die Zarengruft.
Demetrius. Doch! Doch!
Es hat sich eingekauft mit seinem Blut.
(Er winkt dem Küster.)

Zurück! Zurück!
Küster (geht mit dem Sarg wieder in die Gruft zurück).
Mniczek. Du weißt nicht, was du thust.
Demetrius. Ich führe Krieg mit den Lebendigen,
Nicht mit den Toten! Laßt die Toten ruhn!
(Er geht in die Gruft.)

Die Bojaren (folgen).
Volk (drängt nach mit dem Rufe:)
Es lebe Zar Demetrius!

Vierter Aufzug.

Großer Audienzsaal im Kreml zu Moskau wie im erste
Aufzug.

Erster Auftritt.

Woiwode Mniczek. Demetrius sitzt am Tische links vorn.
Demetrius. Werb' ich Marina sehn?
Mniczek. Sie wartet nur
Auf die Befehle ihres gnäb'gen Zaren,
Doch erst noch ein Geschäft von Wichtigkeit.
(Er reicht ihm ein Blatt.)
Demetrius (nimmt es und schaut hinein).
Das Todesurteil!
Mniczek. Ja, das Todesurteil,
Du siehst, vom russischen Senat gefällt.
Demetrius (blickt in das Urteil).
Hat denn Fürst Schuiskoi seinen Hochverrat
Bekannt?
Mniczek. Mit Vorbehalt! Doch alles ist
Bewiesen und es war ein schlaues Stück.
Um Mitternacht ein Brand — Geheul der Glocken
Von hundert Türmen — du heraus — die deinen
Weit weg quartiert und deine ganze Wache
Besetzt mit Mördern im Soldatenrock —
Demetrius. Pfui! Pfui!
Mniczek. Klug! Klug! Ob ein gemeiner Stein,
Ob eine Silberkugel: wenn's nur trifft,
So gilt das gleich! Und sicher hätt's getroffen,
Denn an der Spitze stand Otrepiep,
Der, seit du ihn so schmählich von dir stießest,
Dein grimm'ger Feind ist und viel schärfre Waffen,
Wie jemals, führt, weil ihm der Haß sie wetzt.
Für diesen bitt' ich, nebenbei gesagt,
Dich um Pardon.

Demetrius. Wenn ich den Fürsten selbst
Begnadige, so kann ich seinen Hund
Nicht hängen lassen. Darum sei's gewährt.
Mniczek. So mein ich's nicht. Du mußt das Todesurteil
Vollstrecken, doch das Werkzeug sollst du dir
Erhalten, das dir hier so brav gedient.
Das ist unschätzbar! Solch ein Bursche beißt
Als Säugling schon die Mutter in die Brust,
Indem er trinkt, und kratzt den Vater, der
Ihn küssen will! Doch wenn die Zeit ihn reift,
Versteckt er seine Krallen, heuchelt, schmeichelt
Und wird ein Lügner, Späher und Verräter,
Dem Judas selbst noch schamrot weichen muß.
Und das ist, was du brauchst wie's liebe Brot.
Demetrius. Das! — Überzeuge mich davon, und eher
Laß' ich mich in das Fell des Bären nähen,
Als ich mich hüll' in deinen Hermelin.
Mniczek. Mein Fürst! Du stehst an Gottes Platz auf
            Erden
Und sollst allmächtig und allwissend sein.
Zur Allmacht bringst du's leicht. Die Mütter schicken
Dir jährlich ihre Söhne und die Berge
Ihr Eisen und ihr Gold!
Allein wem darfst du traun? Du brauchst Allwissenheit!
Demetrius. Vater! man sagt, wer graue Haare trägt,
Dem hängt auch Spinngewebe vor den Augen;
Die Kirschen schmecken dir schon längst nicht mehr,
Kein Wunder, daß dir auch die Welt mißfällt.
Einstweilen laß' ich deinen Judas hängen,
Doch wenn ich in die Jahre komm' wie du,
So bau' ich ihm den Galgen um zum Kreuz!
Mniczek. So sprach dein Vater auch in seiner Jugend,
Doch als er starb, hieß er der Schreckliche,
Und war bespritzt mit seines Kindes Blut!
Du darfst dein Herz nicht fragen, du mußt handeln,
Die Stunde drängt, drum zeichne rasch das Blatt.
Demetrius. Ich soll schon Blut vergießen, eh' ich noch
Gesalbt bin? Soll das Schwert des Richters schwingen,
Eh' mich die Zarenkrone deckt?

Mniczek. Du haſt
Den Schwur des Heers! (Er reicht Demetrius eine Feder.)
Demetrius. Wenn ich mißtrauen ſoll, warum nicht dir?
(Er wirft die Feder zu Boden.)
Marina (Mniczets Tochter, kommt durch die Mitte).

Zweiter Auftritt.
Die Vorigen. Marina.

Mniczek (weiſt auf ſie).
Ich gab ein Pfand!
Marina. So ernſt? Da komm' ich wohl
Nicht recht? O Gott, wohin mit meiner Angſt,
Wenn man mich hier vertreibt!
Demetrius. Mit deiner Angſt?
Mniczek. Was iſt geſchehn?
Marina. Nie hatt' ich einen Schreck,
Wie dieſen! — Waſſer!
Mniczek. Unglückſel'ges Kind!
Demetrius. Den Arzt!
Marina. Laßt nur! (Sie hebt die Feder auf.)
                  Was hat die arme Feder
Gethan?
Demetrius. Beruh'ge uns!
Mniczek. Sprich doch!
Marina. Erſt Luft! (Sie atmet tief auf.)
Ich habe meinen Krönungsſchmuck geſehn!
Mniczek. Und das —
Marina. Die Stiefel! Wenn ein Weib
Sie tragen kann, ſo iſt ſie auch vom Stamm
Des Rieſen Goliath. Der Bringer ſchwitzte
Und trug ſie doch auf ſeinem breiten Rücken,
Nicht an den Beinen.
Mniczek. Sind ſie ſchwer, ſo ſind ſie's
Von Gold und Diamanten.
Marina. Das iſt wahr,
Von Edelſteinen blitzen ſie, und die
Sind hier noch immer beſſer angebracht,
Als hätt' man ſie in einen Sack gethan
Und hinge den der Zarin um den Hals.

Dann das Gewand! Von echtem Hermelin,
O Gott, ich zweifle nicht. Die Art nur seltsam,
Wie man es gürten muß. (Mit Gebärden.)
                    Hier unterm Kinn!
So daß man einer Pyramide gleicht.
Mein Vater, zög' ich's an, so glaubtest du,
Daß eine von den räuchrigen Madonnen
In Sendomir, die man die schwarzen nennt,
Erschienen sei und grifsst zum Rosenkranz.
    Demetrius. Nie, nie soll das geschehn!
    Marina. Schon jetzt erschreckt?
Da laß dir erst den Kakoschnik beschreiben,
Ein Kopfputz, wie ein Topf! Doch reich besetzt,
Ich leugn' es nicht, mit Perlen und Granaten
Und für den Juden wohl vom größten Wert.
Für die zwar, die das Haar ihm opfern soll,
Nicht ganz so hoch im Preis.
    Mniczek. Das Haar? Wie das?
    Marina. Das Haar wird zehnfach um den Kopf gewickelt,
Wie Flachs um einen Rocken, ohne Kunst,
Und dann der Kakoschnik darauf gestülpt.
Ich sagte, meins wär' viel zu voll dazu,
Da meinte man, die Schere würde helfen,
Woraus ich schließe, was ich nach den Bärten
Und Fingernägeln kaum zu hoffen wagte,
Daß es in Moskau wirklich Scheren giebt!
    Demetrius. Ja, das ist wahr, man treibt's hier wunderlich.
    Mniczek. Du aber wirst
Das alles bei der Krönung ehrbar tragen,
Es ist so nötig wie die Taufe selbst.
    Marina. Muß ich? Nun wohl, so hütet mich vor Spiegeln,
Sonst wird's mir, wie dem Basilisk ergehn.
    Mniczek. Und nun gieb her —
    Marina. Was denn?
    Mniczek. Das Todesurteil!
Die Feder mein' ich.
    Marina. Wie? Ein Todesurteil?
Das muß ich unterzeichnen sehn.
    Mniczek. Pfui, Pfui!

Marina (giebt Demetrius die Feder).
Nimm hin und zeige mir, worin der Zar
Sich von dem Woiwoden unterscheidet. (Zu Mniczek.)
Du darfst nur peitschen lassen! (Zu Demetrius.)
                          Dann noch eins,
Ja, darum kam ich bloß! Aus Boris Hause
Soll eine Tochter noch am Leben sein,
Das Mädchen, hör' ich, ist gewandt und flink,
Die muß mir dienen. Bitte!
Mniczek. Xenia,
Prinzessin Godunow, ist längst im Kloster.
Marina. Doch kann sie noch nicht eingekleidet sein,
Es ist zu kurz.
Mniczek. Mein Kind, das geht hier schnell,
Heut' auf dem Thron und morgen in der Gruft!
Gott gebe, daß wir selbst es nicht erfahren,
Drum — sehen wir uns vor!
                    (Er hebt das Todesurteil empor.)
Marina (greift danach und nimmt's).
Das ist ja russisch! (Buchstabierend.) „Schuiskoi!" — Wie?
                              Fürst Schuiskoi?
Der einz'ge hier, der aussieht, wie ein Mensch?
Demetrius. Gefällt er dir?
Marina. Der muß verleumdet sein!
Mniczek. Meinst du?
Marina. Er ritt mir beim Empfang zur Seite
Und war so lustig, freute sich,
Daß endlich frischer Wind ins Land gekommen.
Mniczek. Ei, ei?
Marina. Und sprach mir nur von deiner Weisheit.
                       (Zu Demetrius.)
Und deiner Tapferkeit!
Demetrius. Doch ganz gewiß
Noch mehr von deiner Schönheit.
Mniczek. Als dir Fürst Schuiskoi all das Süße sagte,
Grub er im stillen schon das Grab für uns.
Marina. Das Grab?
Mniczek. Das Grab! Und hätt' ich nicht gewacht,
So lägen wir darin. Du mit, mein Kind!

Marina. Und ohne Leichenschmuck? Dann unterschreib'!
(Sie brängt Demetrius das Todesurteil auf.)
Demetrius. Ist er der einz'ge, der uns haßt?
Mniczek. Der einz'ge,
Der schaden kann! Er ist der nächste Erbe!
Demetrius. Er ist ein falscher doppelzüng'ger Schurke
Und meinen Degen kreuzt' ich gern mit ihm,
Doch ihm den Henker schicken —
Marina. Unterschreib'!
Du kannst ihn später ja begnadigen —
Mniczek. Da schwatzt mein Papagei nicht gar zu dumm!
Marina. Ich selbst will für ihn bitten, öffentlich,
Damit sie's alle sehn. Bedenk' doch nur,
Wie hübsch das wird. Du ernst und gravitätisch
Auf deinem Thron; ich aufgelösten Haars,
Wie's die Romanze will, zu deinen Füßen
Und stammelnd, weinend, denn ich kann das alles,
Sobald ich soll, zu dir um Gnade flehend.
Du finster blickend und den Scepter schwingend,
Als wolltest du mich haun, doch endlich sanft
Ihn niedersenkend und die Stirn mir tickend,
Und freundlich murmelnd: beinetwegen sei's!
Dann: Taschentuch heraus! Ich bitt' dich, thu's!
(Sie führt Demetrius zum Schreibtisch.)
Mniczek (während Demetrius unterzeichnet).
Nur erst den Namen her, dann findet sich's.
Demetrius (hat unterzeichnet, reicht Marina das Blatt).
Marina. Kommt's dir nicht seltsam vor, daß du, der einst
Von jedem Hasen Rechenschaft gegeben,
Jetzt Fürsten klatschen kannst als wären's Fliegen?
(Sie giebt Mniczek das Blatt.)
Ich beuge mich vor deiner Majestät!
(Sie geht ab durch die Mitte.)
Mniczek. Nun halte denn dein großes Ordensfest
Und spare nicht mit deinen goldnen Sternen,
Ich schicke die Bojaren!
Der Mönch Gregory (kommt durch die Seitenthür links hinten).

Dritter Auftritt.

Mniczek. Gregory. Demetrius.

Mniczek. Doch was will
Der fromme Bruder?
Demetrius (dem Mönch entgegen). O zur rechten Zeit! —
Erkennst du ihn nicht mehr? Ihm dank' ich ja
Das Leben?
Mniczek. Ja? Vergebt. — Mir geht jetzt viel
Im Kopf herum!
(Er geht mit dem Todesurteil ab durch die Mitte.)

Vierter Auftritt.

Gregory. Demetrius.

Demetrius. O Gott, wie freu' ich mich!
Ich spreche nicht von Lohn — doch wenn der Zar
Von Moskau nicht zu arm ist, deinen Wünschen
Genug zu thun, so nenne sie, ich will sie
Sogleich erfüllen.
Gregory. Ich bitt' um eine Glocke für das Kloster,
Das dich auf deiner Flucht verbarg und dem
Du sie am Abschiedsmorgen selbst versprachst.
Demetrius. Auf meiner Flucht? — Ich bin ja nie geflohn!
Gregory. Dann bitt' ich um das Fährgeld für den Fischer,
Der dir bei Nacht und Nebel weiter half,
Als Boris dir schon auf den Fersen war.
Demetrius. Als Boris mir — das ist ja nie geschehn.
Gregory (reicht ihm einen Zettel).
Hier deine Hand!
Demetrius. Das ist nicht meine Hand!
Auch trifft das Datum nicht. Als dieser Schein
Geschrieben ward, war ich in Sendomir
Und träumte wahrlich nicht vom Zarenthron.
Gregory. So hat's dein Schutzgeist wohl für dich gethan!
Ganz recht, das ist die Hand Otrepjeps.
Demetrius. Otrepjep mein Schutzgeist!
Gregory. Ja, mein Zar!
Er bahnte dir den Weg. Längst, eh' du selbst

Es ahntest, hat die Welt auf dich gehofft
Und Boris Godunow vor dir gezittert:
Bald warst du hier, bald dort, und überall.
Demetrius. Das heißt: Otrepiep.
Nun, jetzt liegt dieser Schutzgeist an der Kette,
Weil er sich gegen mich verschwor.
Gregory. So laß
Ihn liegen, oder schick' ihn in ein Bergwerk,
Nur halte das, was er für dich versprach.
Demetrius. Ich staune. Er hat mir den Weg gebahnt,
So sagst du, und ich soll —
Gregory. Er ist bezahlt!
Demetrius. Was für ein Licht geht mir da auf!
Gregory. Du siehst,
Wir waren immer mit dir, und wir hoffen,
Du wirst dich dankbar zeigen!
Demetrius. Sag' nur, wie!
Woiwode Mniczek (kommt wieder durch die Mitte).

Fünfter Auftritt.
Die Vorigen. Mniczek.

Mniczek. Ein altes Weib auf Krücken lärmt da draußen,
Sie will bestellt sein!
Demetrius. Ich erinnre mich.
Ich hab' ihr meine erste Gunst versprochen.
Gregory. Sie ist es wert!
Demetrius. So kennst du sie?
Gregory. Du lebtest nicht, wenn sie nicht wäre.
Demetrius. So hat sie euch ihr Kind verkauft?
Gregory. Sie hat
Den Tausch vollzogen.
Demetrius. Danken will ich's ihr,
Doch loben kann ich's nicht! — Nun aber sprich:
Was kann ich für dich selber thun?
Gregory. Für mich?
Gar nichts! Für meinen Orden viel.
Demetrius. Was? Was?
Gregory. Gestatte ihm den Eintritt in dein Reich
Und gieb ihm, was er braucht.

Demetrius. Das ist die Sache
Des Patriarchen.
Mniczek. Ihr seid Jesuit?
Gregory. Ich bin's. — Mein Fürst, du kennst wohl nicht
Den Umfang deiner Rechte, wenn du glaubst,
Daß du den Patriarchen fragen mußt.
Demetrius. Wenn's heut so ist, so wird es morgen anders
Denn nimmer rühr' ich an das Göttliche,
Und hab' ich diese unheilvolle Macht,
So will ich auch sogleich auf sie verzichten,
Damit ich nicht, von Leidenschaft verblendet,
In irgend einer unglückfel'gen Stunde
Die Seele wage!
Gregory. Du bist ersehn, den Kirchenspalt zu schließen,
Der Abendland und Morgenland zerreißt,
Und mit dem Untergang die Welt bedroht.
Demetrius. Das könnte ich?
Gregory. Das ist die That, die wir als Dank
Von dir erwarten. Erwäg es wohl, ich frage
Erst nach der Krönung wieder an. Doch nehm' ich
Die Antwort, glaub' ich, jetzt schon mit. Es ist
Ja keine Last, die ich dir auferlege,
Es ist der höchste Lohn, den ich dir biete. Die Erde
Wird jubeln wie bei der Geburt des Herrn,
Wenn's endlich wieder *eine* Kirche giebt,
Wie *eine* Welt, und wenn zum Liebesmahl
Das ganze menschliche Geschlecht erscheint.
Und bis zum jüngsten Tage wird es heißen,
Wenn man des Zugs um den Altar gedenkt:
Zur Rechten schritt der Zar Demetrius,
Zur Linken aber schritt (hochaufgerichtet) ein neuer Papst.
  (Er geht ab durch die Seitenthür links hinten.)

Sechster Auftritt.
Demetrius. Mniczek.

Demetrius (nach einer Pause).
Nein, nein, mein Volk soll beten wie es will!
Gleich morgen werd' ich einen Patriarchen
Ernennen an des schlechten Hiobs Statt:

Der Himmelsschlüssel glüht mir in der Hand.
Mniczek. Herr, die Bojaren harren.
Demetrius. Wo sind
Die Orden?
Mniczek. Gleich. (Er hilft ihm den Hermelinmantel umnehmen.)
Demetrius. Du stehst mir aber bei,
Damit ich nichts verwechsle.
Mniczek. Hast du's dir
Noch nicht gemerkt? Hier ist die Liste.
(Er legt sie auf den Tisch links.)
Demetrius. Gut.
So mögen sie — doch nein, die Alte erst!
Mniczek (geht zur Mittelthür).
Demetrius. Sie ist mir jetzt zwar widerlich geworden,
Doch —
Barbara (kommt durch die Mitte).

Siebenter Auftritt.
Die Vorigen. Barbara.

Demetrius. Ei, da ist die Mutter! Nun, so sprich!
Hast du's dir überlegt? Hast du gewählt? Nun, was?
Barbara. Ich wäre gern
Allein mit dir.
Demetrius. Du hast nur eine Bitte,
Erwäg's zuvor, und wenn ich die erfülle,
So ist mein Wort gelöst.
Barbara. Ich möcht' es doch.
Demetrius (gegen Mniczek).
Seltsam! Doch ist's gewährt. Laß uns allein.
Mniczek (geht ab durch die Mitte).

Achter Auftritt.
Demetrius. Barbara.

Demetrius. Doch nein, sie will mir etwas anvertraun,
Was ich schon weiß, um sich im Preis zu steigern,
Pfui, pfui, ich hätt' es nicht in ihr gesucht! —
Nun?
Barbara. Gott, wie sprech' ich nun!

Demetrius. Ich irre nicht,
So ist's, die Scham hält sie nur noch zurück.
Heraus damit, heraus! Nicht wahr, ich stehe
In deiner Schuld?
Barbara. Mein Zar —
Demetrius. Du hast zu fordern,
Und was ich dir auch immer geben mag —
Du hast noch mehr verdient!
Barbara. Du ahnst? Du weißt?
Da wag' ich's! Laß nur einmal dich umarmen,
Dann bin ich glücklich für die Ewigkeit.
Demetrius (tritt zurück).
Ich ahne, ja, ich weiß, und es ist viel,
Sehr viel, was du gethan, doch das belohnt
Man nicht mit Küssen und Umarmungen,
Nein, dafür hat man Silber oder Gold!
Barbara. Du hast mir doch schon deine Hand gereicht.
Demetrius. Dir? Nicht doch! Nicht doch! Einer alten
              Frau,
Hilflos, gebrechlich, die ich in Gefahr
Erblickte! Einer jeden wär' ich ganz
So willig beigesprungen! Dir allein
Vielleicht nicht, hätt' ich dich gekannt wie jetzt.
Barbara. Du thust mir weh!
Demetrius. Das wollt' ich nicht! Bei Gott,
Das wollt' ich nicht! Dazu hab' ich kein Recht.
Doch sei auch ehrlich gegen mich! Es war
Kein Zufall, daß du ins Gedräng gerietst,
Und — Ja, wie sag' ich, ohne dich zu kränken?
Nun, auch kein Zufall, daß du meinen Mantel
Ergriffst und küßtest!
Barbara. Nein, das war's auch nicht!
Demetrius. Brav, Alte, brav! — Du nahmst die Stunde
              wahr,
Um dich bemerkt zu machen, fielst vielleicht
Absichtlich!
Barbara (weinend). Ich ertrag's nicht mehr!
Demetrius. Du weinst? Warum? Ich dank' dir ja dafür!
Ei, ei, das Atmen ist ein süßes Ding

Und unentbehrlich zu noch süßerem!
Und ich nun gar — heut noch, ich weiß nicht was,
Und morgen Zar — das ist ja wie ein Wunder
Und geht, noch besser, doch natürlich zu.
Und wem bin ich das schuldig? Dir allein!
So sei nicht blöd und fordre deinen Lohn.
 Barbara. Mein Zar, sieh' mich mal an. Entdeckst du nichts
Von Thränenfurchen? Siehst du keine Runzeln,
Wie nur der Schmerz und nicht die Zeit sie gräbt?
So frag' dich, was mir deine Schätze sind,
Und ob mich die Begierde zu dir trieb,
Auf meinem kurzen Weg von heut zum Grabe
Ein fettes Brot zu essen!
 Demetrius. Sonderbar!
Höchst sonderbar! — Du hast vielleicht ein Kind,
Für das du — Aber nein, das kann nicht sein,
Du hast kein zweites Kind!
 Barbara. Allmächt'ger Gott,
Verdien' ich das dafür, daß ich mein Herz
In dieser Stunde noch zusammendrücke,
In dieser einz'gen, die's noch giebt für mich?
Mein Fürst und Zar, du kannst mir nicht gewähren,
Was ich erbat, denn du verachtest mich;
Gestatte denn nur noch, daß ich dich segne,
Dann scheiden wir auf Nimmerwiedersehn.
 Demetrius. Ich that dir unrecht! Eine Mutter, die
Ihr Kind verkaufte, bleibt für mich ein Greuel,
Und ob ich selbst die Welt durch sie gewann.
Doch diese Schuld drückt deine Seele nicht,
Das seh' ich jetzt, die Thräne zeugt für dich,
Und eine Mutter, die man um ihr Kind
Bethörte und betrog, die, als sie's gab,
Es in des Glückes Schoß zu legen glaubte
Und nimmer an des Todes kalte Brust,
Solch eine Mutter kann ich wohl umarmen,
Vergieb mir denn und nimm dir deinen Lohn!
     (Umarmung.)
 Barbara. Herr Gott im Himmel, dank' für diese Stunde!
Nun nimm mich hin, denn meine Frist ist um.

Demetrius. Nein, Mütterchen, ich brauch noch etwas Zeit
Um dir zu zeigen, daß ich dankbar bin;
Auch mußt du mir noch einen Dienst erweisen,
Den mir kein Mensch erweisen kann als du.
Barbara. Ich — o —
Demetrius. Man sagt, ich sei nicht Iwans Sohn.
Barbara. Du bist's! Bei Gott im Himmel kann ich's
schwören,
Bei meiner Seele, meiner Seligkeit!
Demetrius. So komm zu meiner Mutter! Gleich!
Barbara. Zur Zarin Marfa?
Demetrius. Ja, auch diese zweifelt,
Ich fühl's, ich fühl's, wenn sie's auch tief verbirgt.
Drum schwör's in ihre Hand, ich sei ihr Kind.
Barbara. In ihre Hand!
Demetrius (ungeduldig).
Du schwurst ja schon. —
Barbara. Das will ich wieder schwören!
Demetrius. Daß Iwan —
Barbara. Ja!
Demetrius. Und Marfa —
Barbara (schweigt).
Demetrius. Marfa nicht?
Barbara (schweigt).
Demetrius. Iwan Wasiljewitsch, der Zar, mein Vater,
Und Marfa Nagoy meine Mutter nicht?
Eins folgt doch aus dem andern!
(Er schlägt sich vor die Stirn.)
Großer Gott!
Barbara. Wie hab' ich mich verstrickt! War's denn zu viel,
Daß ich für all' die Jahre bittrer Trennung
Ein einz'ges Mal — O könnt' ich noch zurück!
Demetrius. Ei wohl, ei wohl! Was ist da wunderbar?
Man kann der echte Sohn des Zaren sein,
Und doch ein Hund, ein Bastard nebenbei.
Woiwode Mniczek (kommt durch die Mitte).

Neunter Auftritt.
Die Vorigen. Mniczek.

Mniczek. Mein Fürst und Herr, macht's endlich kurz mit ihr,
Die Stunde drängt.
Demetrius. Herr Woiwod, wen sucht
Ihr hier? Doch nicht den Zaren aller Reußen?
(Indem er den Hermelin abwirft.)
Schickt dies zum Fürsten Schuiskoi,
Der's auch am hellen Tage tragen darf,
Und fragt ihn gleich nach meiner Schuldigkeit.
Mniczek (bringt mit dem Degen auf Barbara ein).
Verfluchte Hexe!
Demetrius. Halt, Herr Woiwod,
Ich muß mich Euch noch einmal widersetzen,
Doch küss' ich Euch nachher die Hand dafür,
Denn seine Mutter schützt auch — solch ein Sohn!
(Zu Barbara.)
Kein Wort! Du bist's! Du selbst! Und dies mein Dank!
(Er setzt sich links vorn und schlägt die Hände vors Gesicht.)
Mniczek. So wärst du wirklich —
Barbara. Ja, ich Ärmste bin's.
Mniczek. Wie ist es aber möglich!
Barbara. Zarin Marfa
Und ich, wir kamen um die gleiche Stunde
Mit Knäblein nieder, sie im Prunkgemach,
Ich unterm Treppenhaus.
Mniczek. Und darauf hatte
Der Mönch gerechnet?
Barbara. Ja.
Mniczek. Und du?
Barbara. Anstatt den Prinzen selbst, wie ich versprochen,
Zu nehmen, stahl ich ihm bloß Kleid und Schmuck
Und stattete mein Eigenes damit aus,
Dann gab ich dieses hin.
Mniczek. Nur allzuwahr —
Und dann? Und dann?
Barbara. Ei nun, man ließ mich schwören,

Daß es der echte Sproß des Zaren sei.
Das konnt' ich. Leider!
  Mniczek. War der schlaue Mönch
So leicht zu täuschen?
  Barbara. Warum sollt' er nicht?
Er kannte ja den Vater nicht, denn streng
Verhehlt' ich den in meiner bösen Zeit,
Damit die arme Zarin nichts erfuhr,
Sie war mir viel zu lieb dazu.
  Mniczek. Doch du —
Wie kamst denn du — zu deinem Argwohn erst
Und dann zu dieser List?
  Barbara. Das Spiel des Mönchs
War nicht zu fein! Was er auch immer sprach
Von schlechtem Blut, und wie es nötig sei,
Ein frisches Reis auf Ruriks Stamm zu pfropfen,
Man merkte schon, worum sich's handelte.
Da dacht' ich denn: dein Sohn ist auch ein Prinz,
Wenn auch ein halber nur, und gab ihn lieber
An diesen Mönch, als in das Findelhaus.
  Mniczek. Du bist am Ziel und dachtest also gut,
Nur hast du heut dein eignes Werk zerstört,
Und wenn du nicht freiwillig widerrufst,
Ist alles aus.
  Barbara. O Gott, wenn's nur noch hilft.
  Mniczek (laut nach der Mitte hin rufend).
Wache!
  Demetrius (aus seinem Brüten auffahrend).
        Für mich? Ich hab's schon selbst gedacht.
  Mniczek. Für dich? Der Spaß ist prächtig! Nein, mein Fürst,
Für diese abgefeimte Gaunerin.
Die Schuiskois haben sie hierher geschickt
Und ihr das saubre Märchen einstudiert;
Doch hat ihr Gott nicht Witz genug verliehn,
Es durchzuführen, und ich hab' sie schon.
  Barbara (kniet nieder).
So ist's, großmächt'ger Zar.
  Demetrius. Steh auf! Steh auf!

Dies war die erste Lüge, die du sprachst! — Herr Woiwod,
Erzeigt Ihr mir noch einen letzten Dienst?
Ihr sagt, die Reichsbojaren harren draußen,
Ruft sie herein!
    Mniczek. Was sinnst du?
    Demetrius. Fühlt Ihr's nicht? (Zu Barbara.)
Gieb mir die Hand und wenn die hohen Herren
Erscheinen, wirf dich auf die Knie wie ich.
    Mniczek. Du rasest!
    Demetrius. Weil ich thu' nach meiner Pflicht?
Nein, nein, ich raste, wenn ich zögerte.
Noch bin ich rein, noch drückt mich keine Schuld —
Betrogen, will ich nicht Betrüger werden.
    Mniczek. Und ich? Und wir? Wir alle, die dir blind
Gefolgt sind in das unwirtbare Land —
Was wird mit uns? Soll ich mit meiner Tochter
Am Bettelstab zurück nach Polen wandern,
Ich in den Turm zu Ratten und zu Mäusen,
Sie auf den Markt als Kartenkönigin?
Hast du den Mut, bloß um dich rein zu halten
Vom kleinsten Hauch, der Seelen trüben kann,
Die große Wechselrechnung durchzustreichen,
Die uns verknüpft, und Lieb und Treu zu opfern,
Und glaubst du, daß du rein bleibst, wenn du's thust?
Du sinnst, mein Sohn! Laß das Gespenst der Nacht
Und wende dich dem Leben wieder zu:
Du bist der Zar, denn du bist Iwans Sproß.
    Demetrius. Ich hab' sein Blut geerbt, doch nicht sein Recht!
O könnt' ich in den Mutterleib zurück!
    Mniczek. Bist du nicht
Der letzte Träger eines großen Stamms,
So sei der erste eines größeren!
Erwerben ist unendlich mehr, als Erben,
Und dem Eroberer beugt die Welt sich gern.
    Demetrius. Glaubst du, ich bin zu stumpf, um das zu
                                                  fühlen?
Im Donnerwagen über Berg und Thal
Einher zu brausen im Kometenglanz
Und, wie der Fleisch gewordne Geist der Erde,

Mit rotem Siegerschwert von Stadt zu Stadt,
Von Land zu Land zu ziehn und ganz zuletzt
Sich nach der Himmelsleiter umzuschaun:
Ja, das ist groß, das ist so göttlich groß,
Daß die Bewundrung alles, selbst den Jammer
Des armen menschlichen Geschlechts erstickt,
Und daß das Opfer jauchzt, indem es fällt!
 Mniczek. Nun denn!
 Demetrius. Nun denn? Paßt dieses Bild auf mich?
Ritt ich den Blitz? Ich ritt ein Manifest,
Ich sprach mein Erbteil an, und mit dem Recht
Erlischt der Anspruch.
 Mniczek. Aber nicht die Pflicht.
 Marfa und **die Äbtiffin von Whkfa** (kommen durch die Mitte).

Zehnter Auftritt.
Die Vorigen. Marfa. Die Äbtiffin.

 Marfa. Mein Fürst und Zar — ich fleh' zu dir um
         Gnade!
 Demetrius. Du beugst das Knie vor mir? Um Gott
         was giebt's?
 Marfa. Thu', was du willst — Verbanne, kerkre ein,
Wenn's sein muß, nur nicht dies!
   (Man hört eine Glocke läuten.)
 Mniczek (zu Marfa). Zu spät, zu spät!
 Marfa. Nein, nein, der Zug geht langsam, denn das Vol
Sperrt ihm die Straßen und der Henker selbst
Wird zögern, weil ihm schaudert.
 Marina (tritt rasch durch die Mitte ein).

Elfter Auftritt.
Die Vorigen. Marina. Dann ein Kofak. Dann Bojaren und di
    Ordenskanzler.

 Marina. Wart, du Schelm!
 Marfa. Ich weiß es, was es heißt, sich übereilen:
In Uglitsch fielen zehn auf mein Gebot,
Als ich die blut'ge Leiche vor mir sah,
Und jetzt — jetzt stehst du hier!
 Marina. Hör' doch auf mich!

Schick' ihn zum Zobelfang nach Astrachan
Und schenk' mir, was er fängt.
Demetrius (zu Mniczek). Begreifst du das?
Mniczek. Es gilt dem Fürsten Schuiskoi, wie mir scheint.
Gott sei ihm gnädig.
Demetrius. Wie?! (Er ruft gegen die Mitte.) Kosak!
Kosak (kommt durch die Mitte).
Mniczek. Du willst —
Demetrius. Nicht — töten. (Zum Kosaken.)
Hier mein Siegelring! Nun eile,
So schnell du kannst. Du bringst dem Fürsten Schuiskoi
Pardon. Er ist begnadigt.
Kosak (eilt ab durch die Mitte).
Marina. Unbedingt? (Zu Marfa.)
Du bist erhört. Ich nicht.
Marfa. O nur kein Blut! (Sie spricht mit Marina weiter.)
Mniczek (stampft mit dem Fuß).
Das ist — Ich sehe seinen Dank voraus.
Demetrius. Es war beschlossen, eh' ich unterschrieb,
Doch hofft' ich's zu vollbringen wie ein Gott,
Nun tret' ich bloß von einem Mord zurück.
Mniczek. Von einem Mord?
Demetrius. Wo ist die Majestät,
Die er beleidigt, wo der Hochverrat,
Den er begangen hat? Ich seh' es ein,
Daß ich die Zarenmaske weiter tragen
Und Frieden und Gewissen opfern muß,
Wenn ich euch retten will und bin bereit.
Ja, morgen werden Wir uns krönen lassen,
Marina soll als Zarin aller Reußen
Und nicht als Kartenkönigin zurück.
Und heut — Laß die Bojaren nur herein!
(Er geht zum Thronsessel rechts, nimmt den Hermelinmantel um.)
Mniczek (winkt einem Kosaken).
Die Bojaren (treten ein).
Die Ordenskanzler (mit den auf roten Sammetkissen getragenen
Erben voran).

Fünfter Aufzug.

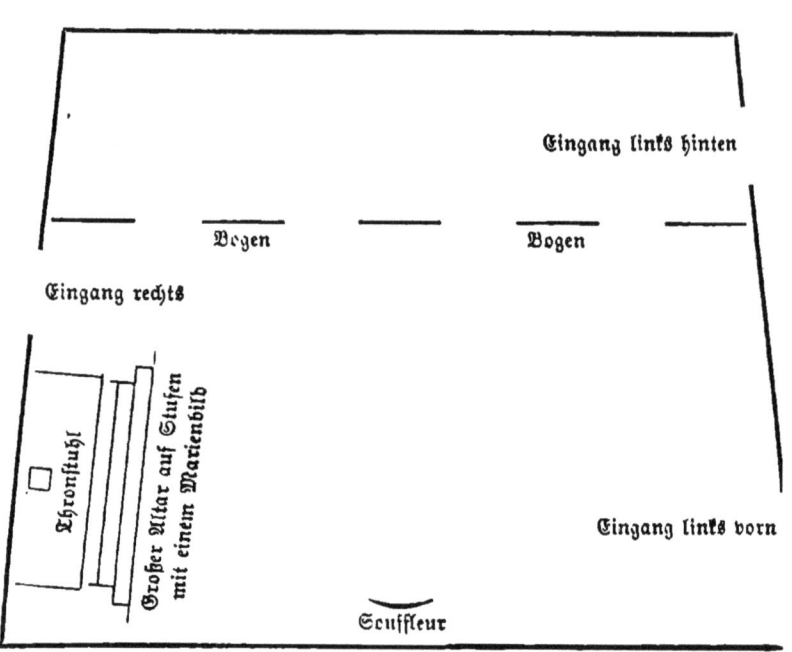

Im Dom nach dem vorstehenden Dekorationsplan.
Nacht. Es wird allmählich Tag.

Erster Auftritt.

Volksgruppen, die sich immer vermehren, unter ihnen **Ossip** und **Rurik**

Ossip. Wer da?

Rurik (links vorn eintretend). Der fragt, heißt Ossip.

Ossip. Rurik, du?
So sprich, was soll ich hier?

Rurik. Das sag' du mir.

Ossip. Es ward in meinem Haus, ich weiß nicht, wan[n]
Auch nicht durch wen, und noch viel weniger,
Auf wes Geheiß —

Kurik. Laß mich das auserzählen.
Es warb in deinem Hause angesagt,
Du solltest dich in dieser Nacht um Vier
Mit allen deinen Sippen und Gefreundten
Bestellen, eh' der Krönungszug begonnen.
Ossip. Ja.
Kurik. So auch
Bei mir und in der ganzen Nachbarschaft.
Petrowitsch (kommt von links hinten).

Zweiter Auftritt.
Die Vorigen. Petrowitsch.

Petrowitsch. Wer da?
Ossip. Gleichviel!
Petrowitsch. Auch mir! Doch sag' mir an,
Was soll ich hier?
Ossip. Das hört' ich gern von dir.
Petrowitsch. Dies ist der Zehnte nun! — Wer foppt uns denn?
Warum so früh uns in den Dom zu locken?
Mit meinen Ellenbogen hätt' ich mir
Zur rechten Zeit noch einen Weg gebahnt.
Otrepjep (kommt im Waffenrock, mit Kosaken von links hinten, tritt zu den Dreien und spricht mit ihnen.
Basmanow und **Mstislawsky** (kommen von links vorn).

Dritter Auftritt.
Die Vorigen. Otrepjep. Basmanow. Mstislawsky. Kosaken.

Basmanow. Nun gilt's. Noch haben wir die Wahl.
Mstislawsky. Du hältst es nicht für gut,
Den Freund zum Herrn zu machen?
Basmanow. Warum nicht?
Nur muß ich wissen, wie ich zu ihm steh'.
Mstislawsky. Dergleichen zu erwägen, ist zu spät!
Otrepjep. Nun, wo bleibt der Fürst?
Schon gärt der Teig, das Kneten ist an ihm.
Mstislawsky. Hier kommt er schon!
Fürst Schuiskoi (tritt von links hinten ein).

Vierter Auftritt.

Die Vorigen. Schuiskoi.

Otrepiep (beiseite). Daß er nur nicht vergißt,
Vor dem Marienbild zu knien!
Geschrei. Heil, Heil dem Fürsten Schuiskoi!
Rurik und Ossip. Heil ihm! Heil!
Schuiskoi. Ehrwürd'ge Väter dieses armen Reichs,
Großmächtige Bojaren, teures Volk,
Kein Wort, bevor ich betete.
(Er kniet vor dem Marienbild rechts.)
Rurik. Das ist
Ein frommer Prinz.
Otrepiep. O weh! O weh! O weh!
Ein böses Zeichen!
Ossip. Was ist denn geschehn?
Otrepiep (faßt Rurik und Ossip bei der Hand, heimlich).
Die heil'ge Jungfrau schüttelte das Haupt,
Als Schuiskoi seinen Blick zu ihr erhob;
Das zeigt mir, daß sie seinen Arm verschmäht,
Wir sind verloren, er ist nicht der Mann.
Rurik (leise).
Barmherz'ger Himmel!
Otrepiep (ebenso). Still! Ich prüfe ihn!
Schuiskoi (steht auf).
Otrepiep (laut). Fürst Schuiskoi, sagt uns an,
Warum Ihr eben flehtet.
Schuiskoi. Das ist ein
Geheimnis zwischen Gott und mir!
Otrepiep. Die heil'ge Jungfrau hat das Haupt bewegt,
Als du dein Knie in Andacht vor ihr bogst,
Und wenn du mir bekennst, um was du batst,
So sag' ich dir, ob sie genickt, ob nicht.
Schuiskoi. Nun, es sei darum!
Ich betete nicht aus dem Kirchenbuch,
Ich sprach wie öfter schon im Drang der Schlacht:
Wenn's einen Bessern giebt, so schick' ihn her,
Und leime mir den Degen in die Scheide,

Sonst — damit sprang ich auf.
Otrepjep. Heil, Schuiskoi, Heil! (Zu Rurik und Ossip.)
Was sagt' ich euch?
Rurik. Die heil'ge Jungfrau habe
Den Kopf geschüttelt.
Ossip. Und du riefst: O weh!
Otrepjep. Weil ich's mißdeutete! Doch das beweist:
Sie kennt in Rußland keinen bessern Mann.
Volk. Heil! Heil!
Schuiskoi. Zum wenigsten kann ich den Degen
Noch ziehn, er sitzt nicht fest. (Er thut's.)
Otrepjep. So folgt ihm auch
Und zeigt ihm, daß ihr's wollt! (Zu Rurik und Ossip.)
Nun: Nieder —
Rurik. Nieder —
Otrepjep. Bist du ein Hammel? Wer denn wohl?
Rurik. Der Zar?
Otrepjep. Wer sonst, Freund? (Ihm ins Ohr.)
Nieder dieser Afterzar!
Rurik. Ei, freilich! Nieder dieser Afterzar!
Volk. Nieder dieser Afterzar!
Schuiskoi. Nicht vorschnell, Freunde. Ziemen will es sich,
Daß ich mich vor euch allen reinige,
Wie ich es that vor den Verbündeten,
Die sich mir eigen schwuren bis zum Tod.
Ihr werdet fragen, warum ich mich selbst
Dem Mann in Demut fügte, dem ich jetzt,
Ich leugn' es nicht, an Kron' und Leben will.
Ich ward bethört, wie ihr, doch nicht so leicht
Und, ihr erlaubt, auch nicht so schnell.
Es klang zwar seltsam, abenteuerlich
Und wunderbar, daß Iwans letzter Prinz,
Des kleinen Sarg wir unlängst noch gesehn,
Auf einmal wieder blühend in das Leben
Getreten sei; doch war's darum nicht gleich
Unmöglich; suchten doch die Portugiesen
Auch ihren König
Im Sande Afrikas — und plötzlich klopfte

Er wieder an die Thore Lissabons.
Da fand ich's ganz natürlich,
Daß ihr, liebwerte Freunde, euch im Jubel
Um seine Fahne schartet.
 Rurik. Man hätt' uns warnen sollen!
 Schuiskoi. Ei, jawohl!
Doch statt zu warnen, zog der Abel mit.
Ich nicht, wir nicht. Wir rückten ihm ins Feld
Entgegen, thaten unsre Schuldigkeit
Wie je, und hatten doch kein Glück. Das schien
Auch uns zuletzt ein Zeichen, daß das Recht
Im Lager unsres Gegners sei!
 Otrepiep. Wer hätte nicht so gedacht!
 Schuiskoi. Noch wankte ich. Da trat der Zarin Marfa:
Geheiligte Person in meine Wirrsal,
Und wie sie auf dem Schlachtfeld, selbst getäuscht,
Und wohl auch die Gelegenheit erfassend,
An Boris endlich sich zu rächen, ihn
Als Sohn erkannte, zögert' ich nicht länger.
 Basmanow. So ging's auch uns.
 Mstislawsky. Der Zarin folgten wir.
 Schuiskoi. Doch alle Zweifel wachten wieder auf,
Als ich die Zarin in das Gruftgewölbe
Eintreten sah, wo nicht nur Iwan liegt,
Wo auch das Kind, das grausam hingemordet,
Ihr Kind, der echte Zarewitsch Dimitri,
Im Sarge ruht.
 Otrepiep. Der echte Zarewitsch!
 Schuiskoi. Ihr wißt, ihr wart dabei, wie mich der Pole
In Haft nahm, weil ich sah, was ich gesehen.
Doch wißt ihr auch, wer mich befreit? Mein Haupt
Dem Henker aus den Händen riß? — Die Zarin
Marfa!
   (Große Bewegung.)
 Schuiskoi. Ihr dank' ich, daß ich lebe, daß
Ich Rechnung fordre von Demetrius,
Der als Betrüger, sei's auch als Betrogner,
Verbrecher doch, weil er zur Krone griff,
Die nur dem Echtgeborenen gebührt!

Denn hört! Der Witwe Zeugnis hätte nicht
Genügt, sie konnte so wie jetzt getäuscht sein,
Wenn auch der Mutter sicheres Gefühl
Der Anker war im Meer erneuter Hoffnung.
Mir aber raunte der Kosak es zu,
Der mir die Gnadenbotschaft überbrachte:
Des falschen Zaren echte Mutter lebt.
(Bewegung.)

Schuiskoi. Ein niedrig Weib, sie hat dem Sohn bekannt —
Und dennoch läßt er von der Krone nicht.
Sprecht ihr: was steht darauf?
Otrepiep. Der Tod!
Alle. Der Tod!
Schuiskoi. So soll denn sein Gericht ihn hier erwarten
Und offen sei der Spruch an ihm vollzogen.
Nicht mehr Verschwörer sind wir, sondern Richter,
Dies wisse er, eh' er die Krone zahlt.
(Es ist Tag geworden.)

(Tiefes Glockengeläute, das den ganzen Krönungszug begleitet, und bis zur Anrede Hiobs im sechsten Auftritt währt.)

Der Küster (kommt von links hinten).

Fünfter Auftritt.
Die Vorigen. Küster.

Küster. Ihr Herrn, macht Platz, es naht der Krönungszug.
Dies ist der letzte wohl, den ich erlebe.
Otrepiep. Nun öffne auch die Gruft zum letztenmale,
Komm, Alter, nimm die Schlüssel mit und folge.
(Er geht mit dem Küster rechts ab.)

Sechster Auftritt.

Der Krönungszug hat von links hinten unter Glockenklang und Orgelspiel begonnen. Ein Marschall voran, deutsche Landsknechte, polnische Soldaten, Marfa mit der Äbtissin und Frauen, Bojaren, Poniatowsky, Mniczek mit Marina und Frauen, Pagen, die zwei Kronen auf Polstern tragen, Demetrius barhaupt, ein Purpurmantel, mit blankem Schwert, Bojaren, nachdrängend Volk beiderlei Geschlechts, darunter Barbara. Hiob tritt von rechts in Begleitung zahlreicher Geistlichen und Ministranten in vollem Ornat auf.

Stellung:

Volk   Landsknechte   Volk
Soldaten

Hiob
Pagen mit der Krone

Poniatowsky

Bojaren

Mniczek

Marina

Geistlichkeit

Demetrius

Frauen

Marfa   Barbara

Abtiffin

Basmanow

Mstislawsky

Schuiskoi

Marschal

Hiob (zu Demetrius).
Durch Gottes Gnad' und wunderbare Fügung,
Die gläubiges Vertrauen niemals täuscht,
Wardst du der blut'gen Mörderhand entzogen
Und hast in königlichem Siegeszug
Dein Anrecht auf die Majestät erwiesen
Als Iwans und der Zarin Marfa Sohn.
    Schuiskoi. Des thu' ich Einspruch! Patriarch, halt ein!
       (Große Bewegung, die an allen sichtbar wird.)
    Marfa (stützt sich auf die Abtiffin).
    Schuiskoi. Der sich die Krone frech aufs Haupt will setzen,
Ist ein Bastard, nicht Sohn der Zarin Marfa.
Leg' selber Zeugnis ab, Märtyrerin,
An dieser gottgeweihten Stätte sprich.
Das Schicksal Rußlands hängt an deinem Wort.
    Demetrius (hat sich von seiner Verwirrung erholt).
Sprichst du auch als Verräter, Fürst Schuiskoi,

wer nicht zum zweitenmale Gnade findet,
So mag denn endlich aller Zweifel weichen
Und feierlich verkünde es die Zarin,
Daß ich ihr Sohn.

Marfa (nach einer erwartungsvollen Pause, fest). Demetrius —

Der Küster (ist, den goldenen Kindersarg tragend, von rechts mit dem Hetman **Otrepiep** hervorgetreten).

Siebenter Auftritt.

Die Vorigen. Der Küster. Otrepiep.

Küster (hat den goldenen Kindersarg rechts vorn auf die oberste Altarstufe gestellt).

Otrepiep (unterbricht Marfa, auf den Sarg weisend). — ist hier!

(Große Bewegung.)

Marfa (wankt. Pause. Dann stürzt sie zum Sarg und fällt über ihn hin).

Schuiskoi (eilt mit gezücktem Schwert auf Demetrius zu).
Dies ist das Zeugnis. Stirb, Betrüger!

Demetrius (ist an den Altar getreten und hat sich die Krone aufgesetzt).
So krön' ich mich Kraft eignen Rechts! Stoß zu!
Und töte deinen Zaren, wenn du's kannst!

Schuiskoi (schwankt, weicht einen Schritt zurück).

Otrepiep (durchbohrt, von hinten heranspringend, Demetrius mit seinem Dolch).
Nun magst du sehen, daß ich mich nicht fürchte!

Demetrius (fällt).
Mutter! Meine Mutter!

Barbara (eilt auf ihn zu).
Mein Sohn! Mein Sohn!

Marfa (sieht auf, erblickt den blutenden Demetrius und ruft:)
Demetrius! Mein Sohn!

Marina (ist ohnmächtig in Mniczeks Arm gesunken).

Otrepiep. Es lebe Zar Schuiskoi!

Volk, Bojaren, Kosaken. Es lebe Zar Schuiskoi!

Ende.